Laurie Penny

Babys machen & andere Storys

Aus dem Englischen
von Anne Emmert

EDITION NAUTILUS

Die Erzählung »Babys machen« erschien erstmals
auf Deutsch im *KULTUR SPIEGEL*, April 2015.
Die Erzählung »Blue Monday« erschien erstmals auf
Terraform, motherboard.vice.com, 22. Oktober 2015.
Die Erzählung »Das Haus der Unterwerfung«
erschien erstmals unter dem Titel »Das Haus des
Rückzugs« in der Übersetzung von Michael Ebmeyer
im *Freitag*, Nr. 52/53 2015.
Alle weiteren Erzählungen werden hier erstveröffentlicht.

Edition Nautilus Verlag Lutz Schulenburg
Schützenstraße 49 a · D-22761 Hamburg
www.edition-nautilus.de

Erstausgabe des vorliegenden Buches März 2016
Umschlaggestaltung: Maja Bechert, Hamburg
www.majabechert.de
Druck und Bindung: Beltz Bad Langensalza
1. Auflage
ISBN 978-3-96054-000-7

Babys machen

Annie kam schlecht gelaunt und in einem übergroßen Morgenmantel die Treppe herunter, Tommy auf der Hüfte. »Ich setze Kaffee auf«, sagte sie. »Dann müssen wir reden.«

»Lass mich den Kaffee machen.« Simon sprang auf und hantierte an der Maschine herum, die in seinen Augen viel komplizierter war als nötig. Wie alles andere in diesem Haushalt schien sie mit der Zeit immer komplexer zu werden.

Annie liebte raffinierten Kaffee, und Simon hatte ihr diese Maschine von seinem ersten anständigen Gehalt zum Hochzeitstag gekauft. Sie war silbern und schlank und doppelt so groß wie die Mikrowelle, und Annie vergötterte sie. Trotzdem war sie ihr nicht gut genug. Ständig bastelte sie daran herum. Hier ein Extra, mit dem sich die Sahne um zusätzliche drei Grad vorwärmen ließ, dort eine Vorrichtung, die das Mahlwerk während des Betriebs abkühlte, damit die Bohnen nicht verbrannten. Das war eine der Begleiterscheinungen des Zusammenlebens mit einer Robotikingenieurin. Nie konnte sie aufhören herumzubasteln. Nichts war je endgültig fertig. Nichts war ihr gut genug.

Nun rankte sich also ein Wirrwarr aus zusätzlichen Drähten und Kabeln um die Kaffeemaschine, und egal wie oft Annie es ihm zeigte – sieh mal, es ist ganz einfach, du drückst nur siebzehn Sekunden lang den kleinen blauen Knopf hier, so –, Simon bekam es nie richtig hin.

Heute schaffte er fast jeden der Handgriffe, während Annie das Baby in den Hochstuhl schnallte. Sie machte leise Gurrlaute, wie damals, erinnerte sich Simon, als sie für ihn gurrte, in jenen magischen Monaten, als sie frisch verliebt waren, bevor sie ihre Doktorarbeit begonnen hatte.

Dem hinteren Teil der Kaffeemaschine entwich ein unheilvoller Zischlaut. Annie bedachte Simon mit einem enttäuschten Blick wie einen süßen Welpen, der seinen Haufen auf den Läufer gesetzt hat, und kümmerte sich selbst um die Maschine. Wieder einmal.

Als der Kaffee fertig war, reichte Simon ihr das dampfende Getränk, dunkel und süß, der braune Zucker genau richtig dosiert. »Danke«, sagte sie, als hätte sie ihn nicht so gut wie allein gemacht. Er warf ihr ein Lächeln zu, dieses breite kerngesunde amerikanische Lächeln mit den beiden Grübchen, eins auf der Wange und eins am Kinn, die sie so liebte. Geliebt *hatte. Immer noch* liebte.

»Also«, sagte Annie. »Ich möchte gern mit dir darüber reden, was gestern passiert ist.«

Die Geradlinigkeit, mit der sie immer direkt zur Sache kam, hatte er früher an ihr geliebt. Mittlerweile schien es unweigerlich um Sachen zu gehen, die er verpatzt hatte. Eine neue Enttäuschung, die er ihr bereitet hatte.

Tommy saß im Hochstuhl und schlug mit der leeren Schnabeltasse auf den unbenutzten Teller. An der

Stirn hatte er einen winzigen Kratzer, der ihn aber offenbar nicht weiter störte.

»Erklär mir doch bitte noch mal, warum du den Kindersitz auf Plop hast stehen lassen.«

Plop war ihr Auto, ein Honda, den sie in den frühen Jahren ihrer Ehe gebraucht gekauft hatten und der dank Annies technischem Geschick immer noch lief. Die letzten drei Buchstaben des Nummernschildes waren PLP. Sie hatten in diesem Auto tolle Zeiten erlebt – wenn er es sich genau überlegte, waren sogar *phantastische* Zeiten dabei gewesen. Und dann, gestern …

»Ich habe die Einkäufe im Kofferraum verstaut«, sagte Simon langsam.

Er musterte Annies schmales kluges Gesicht, die dunklen Augen, denen nichts entging. »Das Baby habe ich für die Zeit auf dem Autodach abgestellt. Ich bin eingestiegen. Habe den Motor gestartet. Ich *hatte ganz vergessen …*«

»Du hattest vergessen, dass das Baby noch auf dem Dach war.« Er wünschte, sie hätte nicht diesen verdammt freundlichen Ton am Leib, wie ein Priester, der die Beichte abnimmt.

»Und ich bin angefahren, und da ist der Kindersitz vom Dach gerutscht und auf den Asphalt gefallen.«

Richtig unheimlich war, dachte Simon, dass Tommy nicht geweint hatte. Keinen Laut hatte er von sich gegeben. Simon hatte Plop mit einer Vollbremsung zum Stehen gebracht, und da war Tommy: Er hing kopfüber in seinem himmelblauen Autositz und strampelte mit den pummeligen kleinen Armen und Beinen. Simon sah immer und immer wieder nach, ob ihm etwas zugestoßen war, ob er unter Schock stand, aber da war nichts, nur dieser kleine Kratzer, dort, wo das Baby mit der Stirn auf den Asphalt geknallt war. Keine Schwellung, kein Blut.

Natürlich. Wie auch.

»Es war keine Absicht. Ich habe einfach nicht aufgepasst.«

»Ich weiß, du hast nicht aufgepasst. Genau das ist das Problem, dass du nicht aufpasst«, sagte Annie ruhig. »Wenn die Dinge anders gelagert wären, hätte Tommy schlimme Verletzungen davontragen können. Er hätte sterben können.«

»Aber er ist eben kein richtiges Baby!« Simon stand auf.

Annie blinzelte.

Eine schreckliche Sekunde lang sah sie ihn nur an.

»Vielleicht nicht für dich«, sagte sie schließlich, »aber für mich ist er ein richtiges Baby. Er ist *unser* Baby.«

»Er ist nicht unser Baby! Er ist dein Baby! Du hast ihn gemacht, nicht ich!«

Das würde er noch bereuen. Aber er konnte einfach nicht an sich halten. Sein Magen verkrampfte sich, und er spürte die Worte blubbernd in der Kehle aufsteigen wie Kotze.

»Er ist eine Maschine. Ein Gerät.«

Annie stand auf und schnappte sich Tommy. Die leere Schnabeltasse fiel krachend zu Boden.

»Daddy meint das nicht so«, flüsterte sie und vergrub ihr Gesicht in Tommys nussbraunen Locken, eine wie die andere aus beständiger Glasfaser gefertigt. »Daddy ist müde und gestresst. Er hat es nicht so gemeint.«

»Ich habe es so gemeint«, sagte Simon gefasst. »Wir hätten ein normales Kind bekommen können, wie normale Leute, aber von mir ist nichts drin in diesem – in diesem …«

Annie hob die Hand. »Halt«, sagte sie.

Simon schloss den Mund.

»Sieh ihn dir an, Simon«, sagte sie mit tränenerstickter Stimme. »Sieh ihn dir doch nur an.«

Annie hielt ihm das Baby hin wie eine Opfergabe. Tommy schenkte ihm sein zahnloses Lächeln. In seinem winzigen Gesicht bildeten sich zwei Grübchen, eins auf der Wange und eins auf dem Kinn.

Annie wollte nie schwanger werden. Das ist so eine Sauerei, sagte sie, und die Scherereien und der Schmerz, und was, wenn etwas schiefging? Sie hatte ja Recht. Immerhin war es nicht Simon, der das Kind neun Monate im Bauch tragen musste, und es war nicht Simon, der sich mit Übelkeit, geschwollenen Beinen und schmerzhaften Wehen herumschlagen musste. Aber er wusste, dass noch mehr dahintersteckte.

Annies Mutter war nach der Geburt in tiefe Trauer verfallen. Die Depression hatte die Familie jahrelang im Würgegriff gehabt. Eine von Annies ersten Erinnerungen war, wie sie versuchte, ihre Mutter zum Aufstehen zu bewegen, das warme Wirrwarr ihrer Laken, seit Wochen ungewaschen, der Geruch nach warmem Schweiß und ranzigen Milchteeresten in Henkelbechern, auf denen in rosa Cartoon-Lettern die Worte »Junge Mutter« prangten.

Es brach ein sonnenreiches Jahr an, ein Jahr mit Zoobesuchen und Marmeladebroten im Park; Annies Mutter ging es besser, und sie konnte wieder arbeiten gehen, sie liebte ihre Arbeit in der großen Grafik-Design-Firma, vielleicht war es auch ein Software-Unternehmen – Simon vergaß das immer. Dann hatte sich Annies Schwester angekündigt, und die Traurigkeit war zurückgekehrt und hatte sich über alles gelegt wie ein dickes Kissen, das einem sanft aufs Gesicht gedrückt wird, diesmal endgültig. Vor ein paar Jahren hatte Annies Schwester bei der Geburt ihrer Zwillinge dasselbe erleben müssen. Postnatale Depression. Alles Licht, alle Freude, alle Energie waren aus ihrem Leben gewichen, als hätte jemand tief in ihr einen Stöpsel herausgezogen, und sie könnte nur noch hektisch danach tasten, um ihn zu finden, ehe der letzte Tropfen versiegt war.

Ich will nicht, dass mir das passiert, hatte Annie gesagt. *Und es passiert bestimmt.*

Simon hatte sich gefügt. Die Nächte, in denen sie erst bei Tagesanbruch ins Bett gekommen war oder auch gar nicht, völlig erfüllt von der Aufgabe, Mikrochips zu löten, einer kleiner als der andere, und Mechanismen zu optimieren, die dafür sorgten, dass die Zähne des Babys zur richtigen Zeit durchbrachen, dass die Augen reibungslos blinzelten, dass Sprech- und Sprachmuster erkannt wurden, damit das Kind wachsen und lernen konnte, genau wie ein normales Baby. Nur, dass Tommy nie krank werden würde wie ein normales Baby. Er würde Annie nie traurig machen wie ein normales Baby. Er war ihr größtes Projekt.

Und wer ein großes Projekt hat, nimmt es ernst. Babys bringt man im Krankenhaus zur Welt, also machten sie das. An einem Freitagabend gingen sie in die Notaufnahme, ein Chaos aus Körpern und Schreien unter grellen Leuchtstoffröhren, und schmuggelten Tommys Teile in einer Decke hinein. Mit strahlenden Augen und rosigen Wangen, Schweißperlen auf der Stirn, drehte Annie die letzte Schraube fest. Bei

Tommys erstem Schrei stürzte ein Assistenzarzt ins Wartezimmer, und sie brachten Tommy schnell nach Hause, in seiner rosa Flauschdecke, an der statt einer Geburtsurkunde eine offizielle Verwarnung hing.

Alle freuten sich für sie. Alle spielten mit. Annies Schwester brachte die Zwillinge zum Spielen vorbei, Freunde und Kolleginnen aus dem Labor schenkten ihr kistenweise Bio-Babybrei, den Tommy nie brauchen würde. Sogar Annies Mutter, stumm und abgehärmt wie ein Bleistiftstrich auf vergilbtem Papier, kam zu Besuch und ließ sich das mechanische Kind auf den Schoß setzen, wo es nach ihrer klobigen Halskette grapschte.

Sie machten jede Menge Fotos von Tommy und stellten sie auf Facebook und Instagram. Tommy wirkte immer leicht überbelichtet, das Gesicht ein wenig zu glatt, zu unempfänglich für Schatten. Bilder vom Spielplatz, von Picknicks und Zoobesuchen. Badewannenfotos waren nicht dabei. Tommy war nicht wasserfest.

Simon bemühte sich, ihn zu lieben, und als ihm das nicht gelang, bemühte er sich, vorsichtig mit ihm umzugehen. Er hatte Angst, Tommy zu beschädigen. Da er keine Ahnung hatte, wie diese oder jene Mechanik funktionierte, ging er lieber auf Nummer sicher. Der Fehler vom Vortag war ungewöhnlich. Annie hatte ihn gefragt, warum er das Baby auf dem Autodach vergessen hatte wie einen Sack Kartoffeln. Die Wahrheit war: Er wusste es nicht. Die Wahrheit war: Er hatte es satt. Er hatte es satt, so zu tun als ob.

Und da stand nun also Annie vor ihm und hielt ihm das Kind hin wie eine Opfergabe. Simon zwang sich, die Arme auszustrecken, zwang sich, das Baby mit beiden Händen zu nehmen. Das Baby gab ein mechanisches Gurgeln von sich, die Muskelbewegungen seines Gesichts waren zu glatt, ihnen fehlte die Unbeholfenheit eines menschlichen Kindes. Beim Lächeln verzog sich der winzige Kratzer auf der makellosen Silikonhaut.

»Dada«, sagte Tommy.

Simon sah das Baby an.

»Dada«, sagte Tommy noch einmal.

Simon sah Annie an. »Das erste Wort?«

»Äh, ja«, sagte Annie. »Es ist das häufigste erste Wort.« Sie räusperte sich und fuhr sich mit den Fingern durch das dunkle Haar. »Es lässt sich viel leichter aussprechen als ›Mama‹. Liegt am Gaumensegel. Ich fand, es sollte authentisch sein.«

»Und wann hast du das einprogrammiert?«

»Gestern Abend.«

»Ich dachte, da warst du sauer auf mich.«

»War ich auch.« Sie zuckte die Schultern.

In einer einzigen Bewegung setzte Simon das Baby vorsichtig in den Hochstuhl und nahm seine Frau in beide Arme. Er küsste sie, sie öffnete den Mund, um den Kuss zu empfangen, und zwirbelte mit den Fingern seine Haare.

Schnelle, hektische Bewegungen, ihr Atem an seinem Hals, ein Keuchen, während sie ihm das Hemd von den Schultern schob, sie wollte ihn, er wollte sie. Simon spürte, wie sich sein Körper bereit machte, in den vertrauten drängenden Rhythmus zu gleiten wie eine gut geölte Maschine. Er nahm Annies Gesicht in beide Hände und küsste sie wieder, ein tiefer Kuss, als wollte er sie mit Haut und Haaren verschlingen.

In diesem Moment begann Tommy zu schreien.

Er schlug mit den weichen Silikonbeinchen gegen

den Hochstuhl und forderte kreischend ihre Aufmerksamkeit.

»Er muss sein Bäuerchen machen«, murmelte Simon. »Ich weiß nicht, warum du die Funktion dringelassen hast.«

»Muss so sein, damit ... alles ... mmhm ... authentisch ...« Annie verstummte, als Simon sie wieder küsste, vom Nacken bis zum Schlüsselbein, und sie sanft in die Schulter biss.

Tommy schrie wieder.

»Ich mache das«, seufzte Simon und zog die Hand aus dem Hosenbund seiner Frau.

»Nein«, sagte Annie und hielt seine Hände fest. »Warte – ich will nur ...«

»Aber das Baby schreit.«

»Nur dieses eine Mal«, sagte Annie und warf ihm einen schelmischen Blick zu. Ihre dunklen Augen funkelten verschmitzt.

»Du hast gesagt, das dürfen wir nicht«, sagte Simon.

»Ich weiß«, sagte Annie. »Nur dieses eine Mal.«

Sie wand sich aus seinen Armen und beruhigte ihren Sohn. Sie streichelte ihm die weichen Locken und gurrte sanft, während Tommy unbeirrt weiterschrie.

Dann fasste sie unten an den Kopf des Babys und legte einen kleinen verborgenen Schalter um.

Tommys blaue Augen wurden trübe und schlossen sich flatternd. Sein kleines Gesicht entspannte sich, und er sank in sich zusammen.

»Gut«, sagte Annie. »Für ein paar Stunden müsste er Ruhe geben.«

Sie warf Simon die Arme um den Hals.

Simon zerrte an den Knöpfen ihres Hemds und fragte sich nicht zum ersten Mal, wie er nur hier gelandet war, in diesem kleinen Reihenhaus, bei dieser Verrückten. Warum er so ein Glück hatte.

»Ich fasse es nicht«, sagte er und senkte den Kopf zu ihrer linken Brust. »Ich fasse es nicht, dass du das Baby abgestellt hast.«

»Sei still, und küss mich.«

Wikinger-Nacht

Mit Spaß hat das nichts zu tun.

Als man dich fragte, ob du mitgehen willst zum Abendessen mit der schwedischen Kundin, hast du zugesagt, obwohl du weißt, dass du zu solchen Anlässen nur eingeladen wirst, weil die zahlungskräftigen Geschäftspartnerinnen gern einen hübschen Jungen in engen Hosen dabeihaben und die Vizepräsidentin gut dasteht. Aber eine solche Chance, Kontakte zu knüpfen, bekommst du nicht oft. Es ist dir egal, wenn sie dank dir gut dasteht.

Also kämmst du dir auf der Toilette sorgfältig die Haare. Und ehe das Taxi kommt, sprühst du dich noch einmal mit Deo ein.

Aber was sie nach dem Abendessen vorhaben – Wikinger-Nacht im Money Shot –, entspricht nicht gerade deiner Vorstellung von Spaß.

Du hättest dir so etwas nie ausgedacht. Es war Jades Idee. Jade mit der gestylten Frisur und den High Heels und dem lauten Lachen. Jade, die gleichzeitig mit dir eingestellt und bald schon befördert wurde, weil sie besser in die *Unternehmenskultur* passt. Im Restaurant pflanzt sich Jade neben die Vizepräsidentin und bestellt das Gleiche wie sie: frische

Melone mit luftgetrocknetem Parmaschinken und ein Glas Prosecco.

Wenn du dich nur mit Prosecco anfreunden könntest. Dir steigen immer die Bläschen in die Nase.

Beim Essen betreibst du ein wenig Smalltalk, doch zwischendurch verschwinden die Ladys zum Nasepudern auf die Toilette und reden über Geschäfte, während du die Vorspeisen bewachst. Bei solchen Anlässen bist du immer der einzige Mann. Auch einer der Teilhaber ist ein Mann, wir sind ja nicht in den 1950er Jahren, aber Mr Lawrence muss immer früh gehen und sich um die Kinder kümmern, seit seine Frau nach Thailand abgehauen ist, wo sie die Ersparnisse mit Ladyboys durchbringt.

Bei dem Gedanken überkommt dich der unwiderstehliche Drang, eine Scheibe Parmaschinken vom Teller der Vizepräsidentin zu stibitzen.

Würde es jemand bemerken? Wahrscheinlich. Aber würde jemand etwas sagen?

All deine kleinen Akte der Rebellion sind so. Verstohlen und irgendwie surreal. Wie neulich, als du dich nach der Arbeit in die Damentoilette geschlichen und die Binden geklaut hast. Nicht, dass du jemals etwas damit anfangen könntest. Aber es gibt dir einen Kick, sie zu Hause in deinem winzigen Bad zu horten, neben dem Waschbecken, dessen Abfluss dauernd von den Haaren deiner Mitbewohnerinnen verstopft ist.

Du greifst nach dem Schinken, der glatt und glänzend ist wie die Zunge eines Menschen.

Da kommt Jade von der Toilette zurück.

»Hunger?«, fragt sie und lacht mit aufgerissenem Mund. »Du Frechdachs. Hör mal, wir wollen mit Elsa später noch einen draufmachen. Die Vizepräsidentin sagt, du sollst auch mitkommen.«

»Ich weiß nicht«, sagst du. »Ich bin ziemlich müde. Und ihr gefällt das vielleicht sowieso nicht.« Du hast gehört, dass in Schweden alles ein bisschen anders läuft, aber Jade hat davon natürlich keine Ahnung. Sie liest andere Blogs als du. Und sie liest den *Telegraph*, vor allem, weil sie sich für die typische *Telegraph*-Leserin hält.

»Ach, koooomm«, sagt Jade und stupst dich mit der Schulter an. Ihr Atem riecht nach Prosecco. »Du stehst doch auf so was? Deshalb mag dich die Vizepräsidentin ja auch.«

Dieser Job ist wichtig für dich. Du zwingst dich zu einem Grinsen, du zwingst dich zu einem Nicken, und du hältst dich an deinem halben Glas warmem Bier fest.

»Braver Junge«, sagt Jade, die drei Monate jünger ist als du. »Ich wusste, wir kriegen dich rum. Das wird lustig. Du wirst begeistert sein. Du bist doch praktisch eins der Mädels.«

Die Vizepräsidentin und die schwedische Kundin kommen an den Tisch zurück. Elsa Norling ist eine große Frau mit einer strengen, glatt nach hinten gekämmten Frisur, die ihre markante Stirn betont. Sie lächelt nicht, zumindest nicht richtig. Wenn die Vizepräsidentin einen ihrer Witze macht, zieht sie die Winkel ihres breiten Mundes hoch, spricht aber kaum ein Wort. Doch gerade als du ein Stück öliges Parmesanhähnchen auf die Gabel spießt, fragt sie dich, was du studiert hast.

»Äh«, sagst du überrascht. »Das war Neurobiologie.« Und heute machst du den ganzen Tag Tabellenkalkulation.

Sie nickt, offenbar erfreut. »Ich habe auch eine Naturwissenschaft studiert«, sagt sie. »Chemie. Ich hatte einige Kommilitonen wie Sie. In Schweden studieren viele junge Männer Mathematik und Naturwissenschaften. Bis zu den höchsten Abschlüssen.«

»Eine Menge schlaue Jungs arbeiten für unser Unternehmen«, stimmt ihr die Vizepräsidentin zu. »Ein Jammer, dass nicht mehr von ihnen die schwierigen Fächer bis zum Ende durchziehen.« Jade starrt düster auf ihr Tiramisu, aber die Vizepräsidentin lächelt dich an – das zweite Mal an einem Abend. Vielleicht reicht das ja, und du darfst früher nach Hause gehen.

Aber nein. Nach dem Dessert hat die Vizepräsidentin noch etwas mit euch vor. »Die jungen Leute hier zeigen Ihnen noch eine typische Attraktion unserer Stadt«, sagt sie. »Das geht aufs Unternehmen. Viel Spaß!« Sie drückt Jade ein Bündel Zwanziger in die manikürten Hände und verschwindet.

Es sind ja nur zwei Stunden, sagst du dir. Nur zwei Stunden, dann kannst du nach Hause gehen. Du musst weiß Gott einen guten Eindruck machen. *Die Vizepräsidentin mag dich,* hat Jade gesagt. Es ist wichtig, dass man dich mag. Es ist wichtig, dass du nett bist. Es ist wichtig, dass du Spaß hast. Wer hat nicht gern Spaß?

Es ist nur eine kurze Taxifahrt bis zum Money Shot. Du weißt genau, wo das ist, denn du hast um die Ecke gearbeitet, in einem ähnlichen Schuppen, nicht, dass du das Jade unter die Nase reiben würdest. Auch Studenten müssen ihre Rechnungen bezahlen. Du hast dir sogar überlegt zu bleiben, aber dein Vater fragte ständig nach deiner Arbeit, das wurde langsam peinlich – *Dad, ich lasse mir die ganze Nacht von widerlichen alten Frauen Dollarnoten in den Sackhalter stecken* –, und außerdem lag es dir sowieso nie so richtig im Blut.

Nur dieses eine Ding, das hattest du, von Geburt an. Das hat dich hervorstechen lassen und reichte aus, dir drei Jahre lang die Ramennudeln und die Rasierklingen zu finanzieren. Im Beruf war es allerdings keine Hilfe.

Trotzdem überrascht dich die lange Schlange. Die Fangemeinde muss in den letzten drei Jahren gewachsen sein.

Deine Freunde, die noch in der Szene aktiv sind, haben dir von Themenabenden erzählt – kitschige Kostüme mit allem möglichen Schnickschnack auf einer Skala von leicht rassistisch bis extrem rassistisch. *Harajuku Boys, Maui-Nacht* und einmal sogar *Dschungelfieber*. Die örtliche Presse hat darüber berichtet, und es gab haufenweise wütende Hashtags. Aber auch schlechte Presse ist gute Presse, denkst du, als du auf dem Weg zum VIP-Einlass an dem Schwarm Frauen und den vereinzelten nuttigen Boyfriends in engen Hosen vorbeikommst. Das Money Shot schadet niemandem, dir mittlerweile auch nicht. Stimmt's?

Der Knabe an der Tür lächelt dich an, als erkenne er dich, und das könnte auch sein, aber vielleicht empfängt er alle VIP-Party-Gäste so. Er trägt einen Helm mit gigantischen Plastikhörnern, und seine nackte Brust ist in der kühlen Nachtluft mit Gänsehaut überzogen.

»Hallo, Ladys«, sagt er. »Willkommen zu unserer Wikinger-Nacht. Bei uns ist heute Abend alles spitz!« Er tippt mit den Fingern auf die Hörner, für den Fall, dass der Witz nicht ankommt. Seine Pupillen sind riesig. Was immer er genommen hat, hättest du auch gern. Vielleicht fragst du ihn später, ob er dir was abgibt

Sobald du den Club betrittst, weißt du, dass es ein Fehler war, herzukommen.

Der Saal hängt voller Plastikäxte, Stoffbahnen wurden über die billige rote Einrichtung drapiert. Dein Tisch steht direkt vor der Bühne, und ein Kellner in einem Lendenschurz aus Kunstfell, auch er mit einem gehörnten Helm auf dem Kopf, bringt schon die Cocktailkarte. Die Bühne ist leer, der Saal voll. Jade grinst.

Die schwedische Kundin grinst nicht. Sie tut nicht einmal so, als gefiele es ihr. Eine kleine Falte gräbt sich in ihre breite schöne Stirn.

»Wissen Sie«, sagt sie. »Das entspricht wirklich nicht dem Bild, das wir uns in Schweden von unserer Geschichte machen.«

»Was?«, ruft Jade gegen den Lärm an.

Jade bestellt drei »Flaming Longboat« und schiebt dem Kellner einen Geldschein unter den Gürtel. Er zuckt zusammen, als sie ihn mit ihren langen Fingernägeln kratzt. Sie merkt es gar nicht. Du schon. Du kannst dich an dieses spezielle Jobrisiko ganz gut erinnern. Mitfühlend fasst du mit einer Hand an deine Hüfte.

Dann gehen die Lichter aus.

Der »Ritt der Walküren« schmettert blechern aus dem Soundsystem, und fünfzig Frauen kreischen, als ein junger Mann auf die Bühne wirbelt, mit einem langen schimmernden Umhang, unter dem der Oberkörper nackt ist.

Er ist ein Prachtstück, keine Frage. Wie die johlende Menge siehst du, dass unter den knapp dreißig Quadratzentimetern grünem Lamé sein Körper perfekt ist, eingeölt und durchtrainiert bis auf den letzten Muskel, wie aus feuchtem Gips geformt. Er lässt seinen glänzenden Bizeps spielen, schlägt den Umhang zur Seite und knurrt sein Publikum an.

Du weißt natürlich, wer das ist. Das ist Loki, der aus dem Marvel-Film. Er hat sogar Lokis langes schwarzes Haar, das sich bei genauerem Hinsehen als Perücke herausstellt. Loki vollführt Unsagbares mit seinem Stab der Macht, der einen unkonventionell geformten Knauf hat.

Die Schwedin hat ihr Getränk nicht angerührt. Sie spricht dich an. »So etwas zeigt man hier also seinen Geschäftspartnern?«

Sie sieht dich mit ihren seentiefen braunen Augen an, und du murmelst etwas vom Dienst am Kunden.

»Aber macht das Spaß, macht es dir Spaß?«, fragt sie.

An Spaß denkst du gerade nicht. Im Moment denkst du nur an dein Bett, in dem du seit Monaten keine acht Stunden am Stück mehr verbracht hast.

Aber du denkst auch – gib es nur zu –, dass Elsa Norling eine wirklich sehr gut aussehende Frau ist. Älter, ja, aber das hat dir ja schon immer gefallen. Mit einem Mutterkomplex hat das nichts zu tun, und Elsa Norling hat ja auch nichts Mütterliches an sich, mit ihrer tief ausgeschnittenen Bluse unter dem eleganten Hosenanzug, der wahrscheinlich mehr gekostet hat, als du in einem Monat verdienst.

Und das ist nicht alles.

Es ist die Art, wie sie dich ansieht. Es ist die Art, wie sie dir echte Fragen stellt.

Sie gibt dir das Gefühl, dass sie dich wirklich sieht.

Du nickst. »Ja«, sagst du. »Ja, das macht Spaß.« Es ist wichtig, dass man immer Spaß hat.

»Na gut«, sagt sie. »Na gut. Ich mag das Getränk hier nicht, ich nehme ein Bier. Hättest du auch gern ein Bier?«

Du nickst, ja bitte. Elsa winkt mit der Hand einen Kellner heran. Ihre Nägel sind unlackiert und kurz. Du fragst dich, wie sich diese breiten, dicken Finger auf deinem Gesicht anfühlen würden. Auf deiner Brust. Auf deinem …

»Und jetzt«, dröhnt es aus dem Lautsprecher. »Er ist der Gott des Donners, und er hat den Hammer, um das zu beweisen! Ladys, Applaus für THOR!«

Wieder ein ohrenbetäubendes einstimmiges Johlen. Die Ladys versammeln sich vor der Bühne, und Thor, kräftiger als Loki, tritt auf, das lange blonde Haar peitscht ihm um die Brustwarzen. Mit schwingendem Hammer geht er auf Loki los. Die beiden ringen miteinander.

»Knutscht euch!«, brüllt eine Frau mittleren Alters. Vor Aufregung fällt ihr fast das »Flaming Longboat« aus der Hand.

Andere Ladys stimmen ein. Thor, der auf Loki liegt, grinst und beginnt, ihn mit Küssen zu überziehen, sabbernd und schlabbernd, ganz große Show. Loki muss sich sichtlich das Lachen verkneifen.

Die Ladys sind begeistert.

Auf dem Schild an der Tür zum Männer-WC steht »Walhalla«.

Du betrittst Walhalla, setzt dich auf die Toilette und weinst ein bisschen.

In der Kabine nebenan versucht jemand vergeblich, still zu sein, während seine Partnerin Geräusche von sich gibt, die nach einem Massaker im Viehstall klingen. Du wischst dir die Tränen mit dem Ärmel weg.

Was bist du bescheuert. Die laufende Nase hat schleimige Schneckenspuren auf dem Ärmel hinterlassen.

Genug. Stell dich nicht so an. Du gehst aus der Kabine und wäschst dir das Gesicht.

Am Waschbecken nebenan trinkt ein untersetzter Junge mit geröteten Augen und einer Wolke aus dunklen Locken aus der hohlen Hand. Er schlürft das Wasser wie ein Tier, und einzelne Tröpfchen verfangen sich in den Haaren auf seiner Brust.

»Hey«, sagt er. Er stützt sich gegen das Waschbecken. »Hey, alles okay?«

»Alles gut«, sagst du schniefend.

»Nein, nichts ist gut«, sagt der Knabe. »Okay? Fick die Lady.« Er legt dir die Hände auf die Schultern und will dir tief in die Augen sehen, aber der Fokus ist leicht verschoben, und sein Blick ruht auf deinem Ohr. »Fick die Lady. Ehrlich, egal, wer sie ist, fick sie. Sie ist es nicht wert.«

»Jepp!«, kommt eine Stimme aus der nächstliegenden Kabine. »Fick sie!«

Eine Frau kichert, und der Stalllärm geht wieder los.

»Komm mal her, Bro«, sagt der stämmige Typ. Er legt seinen Arm um dich. Es ist einfacher, sich nicht zu wehren. »Fick sie, okay? Isses nicht wert«, murmelt er. Ihr geratet ins Schwanken. Der Knabe riecht nach Schweiß, Sex, Zigaretten und Vanille. Eine geradezu beruhigende Mischung.

Zu deiner Überraschung wartet vor der Tür Elsa auf dich.

Oh Gott. Sie kann sehen, dass du durcheinander bist.

»Es macht dir keinen Spaß«, sagt sie.

»Alles in Ordnung«, behauptest du.

»Nein«, sagt sie, »dir geht es nicht gut, und mir geht es auch nicht gut. Das ist ekelhaft. In Schweden hat so etwas im Geschäftsleben nichts zu suchen. Es ist nicht richtig, Männer so zu behandeln.« Sie deutet auf die Bühne.

Loki wirft gerade den letzten Fetzen seines grünen Lamé-Umhangs in die Menge.

»Ich fahre jetzt in mein Hotel zurück. Die mit der großen Frisur, die kümmert sich um die Rechnung.« Sie meint Jade, und es ist keine Frage. »Kann ich dich wo absetzen?«

Die Lautsprecheranlage kreischt. »Und jetzt!«, ruft der Moderator, der sich schon ziemlich betrunken anhört. »Unsere letzte Nummer! Eine sexy Szene aus der skandinavischen Geschichte!« Elsa verdreht die Augen.

Drei dürftig bekleidete Kämpfer marschieren auf die Bühne, gefolgt von einem Kerl mit Federschmuck auf dem Kopf, der über der rotbraunen Körperbemalung kaum Stoff am Leib hat.

»Machen Sie sich bereit, Ladys«, sagt der Moderator. »Die Wikinger entdecken Amerika!«

Das war's. Du bist am Ende.

»Gehen wir«, sagt Elsa bestimmt.

Im Taxi ist es kühl und still. Elsa schweigt. Ihr Hotel liegt auf dem Weg zu deiner Wohnung, und sie hat dem Fahrer aufgetragen, dich nach Hause zu bringen. Im Autoradio berichtet ein Mann mit weichem walisischen Akzent vom Krieg in der Ukraine.

»Das ist nicht recht«, sagt Elsa schließlich. »Diese jungen Männer – in Schweden würden wir sagen, sie sind wie Sklaven. Wie kann man über so etwas lachen?«

»Ich …«, beginnst du und hältst inne.

Wie sollst du es ihr sagen, dieser mächtigen älteren Frau? Wie kannst du es ihr sagen, ohne dass es naiv klingt, ohne dass sie noch mehr Mitleid mit dir bekommt? Dass du auch da gearbeitet hast. Dass du jung warst und dass du arm warst, dass du aber kein Sklave warst. Dass du auch Macht hattest, auf deine Art, vorübergehend. Es war nicht viel Macht, aber es war deine. Und ja – manchmal hat es Spaß gemacht.

Elsa seufzt. Dann schiebt sie die Hand über den glatten Ledersitz und legt sie auf deine.

Jeder einzelne Muskel deines Körpers wird steif.

Elsa sieht aus dem Fenster in die andere Richtung. Im Licht der Straßenlaternen leuchtet die schöne Silhouette ihrer Stirn natriumorange. Sie sieht sehr müde aus und sehr mächtig. Am liebsten würdest du sie küssen. Du möchtest nicht, dass sie dich küsst. Am liebsten würdest du schreien.

Du rührst deine Hand nicht vom Fleck.

Blue Monday

»Frauen und Katzen tun, was sie wollen.«
Robert A. Heinlein

Früher wollte ich die Welt retten. Jetzt will ich nur meine Katze wiederhaben.

Mit diesen Gedanken checke ich um sieben in der Firma ein. Der Himmel über dem Parkplatz ist schon dunkel, als ich meinen Dienstausweis durchziehe. Bei den Arbeitszeiten bekommt man von der Sonne nicht viel zu sehen.

Ich stiefele durch die Sicherheitskontrolle zur Monitorwand, an der die Tagschicht auf Ablösung wartet, Simon oder Steve, oder vielleicht ist es auch Stuart. Mit dem schwarzen T-Shirt und dem zotteligen Bart sehen sie für mich alle gleich aus. Wär schön, ich könnte mir einen Bart wachsen lassen. Dann könnte nicht jeder Arsch mein Gesicht angucken.

An 4Chan CATastrophe sieht man, dass es heute Nacht noch hoch hergeht, sagt er. Mehr als 200 000 Aufrufe in den letzten beiden Stunden, die Livecam-Nutzer nicht mitgezählt.

Ich schaff das schon, sage ich.

Super, sagt er. Dann lass ich dich allein. Ich muss nach Hause, die Katze füttern.

Mhm, sage ich.

Du magst wohl keine Katzen?, fragt er. Ich tue, als hätte ich ihn nicht gehört. Da kapiert er es endlich und trollt sich.

Nur, damit das klar ist: Nein, ich mag keine Katzen. Als Tierart sollen die hinterhältigen kleinen Monster nur in ihrem Körbchen bleiben. Ich mag keine Katzen. Ich mag Katze. Ich mag eine Katze. Meine Katze.

Und die haben sie mir gestohlen. Wenn alles nach Plan läuft, zahle ich es ihnen heute Nacht heim. Aber wie. Vorerst kann ich allerdings nur warten und die Bildschirme überwachen.

Der Monitorraum ist ganz okay. Es ist ruhig, und in den sechs Jahren, die ich schon hier arbeite, hat sich der Drehstuhl praktisch der Form meines Hinterns angepasst. Wenn mir kurz die Augen zufallen, kann ich die Bildschirme immer noch sehen. Es sind vierundzwanzig. Jeder zeigt ein Set: Wohnzimmer, Bäder, Gärten.

Das blaue Licht tanzt über meine Haut, als ich nach den Datentransferzahlen schaue. Nerdy Zottelbart lag richtig mit seiner Vermutung. Klar ist heute Abend viel los. Es ist der dritte Montag im Januar. Man nennt ihn auch den Blauen Montag. Offiziell *der* Depri-Tag des Jahres. Die Zeitungen verbreiten mal wieder Horrorstorys über neue Selbstmordrekorde, aber die meisten Leute kommen klar, fühlen sich nur noch ein bisschen mieser als sonst und töten den Schmerz mit Kätzchenvideos.

Oder Welpenvideos. Oder Ferkelchenvideos. Wir haben sie alle da. Auf jedem Bildschirm toben, bellen, quietschen und schnarchen Tierkinder in gefakten Wohnzimmern herum, die verschleiern sollen, dass wir das Zeug im industriellen Maßstab raushauen. Ich sehe wieder nach den Zahlen. Die kleinen Bulldoggen sind heute Abend besonders beliebt.

Das gehört sich auch. Immerhin haben wir den alten Wurf gerade erst durch einen frischen ersetzt.

Ich mache eine Tüte Frazzles auf und hole mir die Faultiere auf den Hauptmonitor. Das wären meine Lieblingstiere, wenn ich welche hätte.

Für diesen Job braucht man eine besondere Konstitution. Normalerweise stellen sie keine Mädchen ein, weil Mädchen so verrückt sind nach Küken, Welpen und Kätzchen. Es fehlt ihnen an der nötigen professionellen Distanz, vor allem, wenn die Tierchen groß werden, beißen, überall hinscheißen und das Unvermeidliche geschieht.

Mögen Sie Tiere?, fragten sie mich im Bewerbungsgespräch.

Ich erwiderte, dass ich eigentlich gar nichts mag außer *Scandal* und Chips und manchmal meiner Mum, wenn sie mit mir redet. Sie sagten, ich sei eingestellt.

Später mochte ich auch Jackie und Pocket. Das kam eher unerwartet. Jackie arbeitete in dem Café, in dem ich immer schwarzen Kaffee und Käsecracker frühstückte. Ich saß gern allein, kümmerte mich um meinen eigenen Mist. Aber eines Tages kam sie und fragte mich, warum ich immer so traurig sei.

Ich bin nicht traurig, sagte ich, ich bin Misanthropin. Kannst du nachschlagen.

Jackie lachte nur und fragte, ob sie mir nachschenken solle.

Drei Wochen später zog sie bei mir ein.

Von der Katze erzählte sie mir erst, als es schon zu spät war, und wahrscheinlich war das gut so. Sie wusste, dass ich keine Katzen mag. Im Grunde mag ich gar keine Tiere, aber Katzen sind am schlimmsten. Am zweitschlimmsten, nach Menschen.

Katzen haben den Dreh raus, sagte ich. Das sind die schlimmsten Parasiten. Die wahren Herren im Haus. Die kleinen Tyrannen drehen es so, dass sie auf unsere Kosten den ganzen Tag faulenzen können. Wusstest du, dass sie die Geräusche menschlicher Babys nachahmen, damit wir uns mehr um sie kümmern?

Wusstest du, sagte ich, dass sie sogar einen Wurm in sich tragen, der sich in deinem Gehirn festsetzt und dafür sorgt, dass du Katzen magst? Das ist teuflisch, sagte ich eines Abends, nachdem ich den Kampf um den Platz an Jackies linker Seite mal wieder gegen Pocket verloren hatte. Ich hatte frei, und wir waren bis spät in die Nacht auf, weil die Hippies nebenan wieder Lärm machten.

Quatsch, sagte sie. Du bist ein Katzenmensch.

Das ist völliger Blödsinn, sagte ich.

Gar kein Blödsinn, sagte sie. Du magst keine Katzen – du magst eine Katze *sein*. Du bist fies. Du fauchst Fremde an. Du verteidigst dein Revier. Du ernährst dich im Grunde von einem einzigen Lebensmittel. Du hast sonderbare Schlafplätze, und du würdest den ganzen Tag pennen, wenn du könntest. Du magst niemanden, außer denen, die dir etwas zu essen geben, und auch die kannst du nur schwer ertragen.

Ich mag *dich*, sagte ich, und versenkte mein Gesicht in ihrer Schulter. Drückte meine Titten gegen ihren Rücken.

Nur weil ich dir etwas zu essen gebe, sagte sie lachend.

Ich warf ein Kissen nach ihr und sagte, vielleicht bin ich ja eine Katze und fange mal damit an, dass ich mich untenrum lecke, wenn ich mich über dich ärgere.

Da kommst du nicht ran, sagte sie.

Tja, sagte ich. Vielleicht fällt uns was ein.

Die kleinen Bulldoggen sind heute *der* Renner. Sie fallen dauernd um und zappeln mit den Beinchen, und die rosa Flauschbäuchlein fangen das warme Licht des Wohnzimmer-Sets ein. Sie wuseln über den Teppich und hocken winselnd unter dem Esstisch, auf dem man die Teller planvoll willkürlich verteilt hat. Die Szenenbildner sind große Klasse, das gebe ich zu. Authentizität geht über alles. Die Leute wollen das Gefühl haben, dass sie etwas Echtes kaufen, und unseren staatlichen Auftraggebern gefällt das auch.

Dreiundfünfzigtausend Zugriffe, Tendenz steigend. Schön, dass die Bulldoggen so beliebt sind. Die Kamera war eine Weile aus. Vor ein paar Monaten sind diese verdammten Tierbefreier eingebrochen und haben elf Bulldoggen geklaut, fünfzehn Kätzchen, ein Pärchen narkoleptischer Dackel und einen Affen, der auf einem Schwein ritt.

Das Schwein haben sie nicht mitgenommen, denn das Schwein ist ein fieses Miststück. Es hat mir mal ein Stück Fleisch aus dem Knöchel gebissen, als ich hineinging, um die Mikrofone zu richten. Nach dem Einbruch saß es kreischend in einer Ecke und hatte zwei Fingerkuppen im Maul.

Davon bekamen wir ein paar gute Fingerabdrücke, und das Schwein bekam einen neuen Affen.

Es war nicht meine Schicht, als die Tierbefreier einbrachen, aber ich half dabei, ihre Gesichter aus den Videos zu ziehen und mit Datenbanken abzugleichen, die wir offiziell nicht hätten anzapfen dürfen. Ich dachte, es gibt Verhaftungen, aber ein Prozess hätte sich für das Unternehmen nicht gut gemacht.

Bei uns dreht sich doch alles darum, dass es den Leuten gutgeht und dass sie mit dem täglichen Horror ihres sinnlosen Lebens besser zurande kommen. Nicht einmal die Leute, die *wissen*, wie die Wurst hergestellt wird, wollen es in der Zeitung lesen. Ich habe gehört, ein paar Aktivisten wurden bestochen oder erpresst, etwas zu unterschreiben, oder – ich weiß es nicht genau. Die Tiere sind schon lange weg. Die Glücklichen.

Ich fummle an den Toneinstellungen für die Bulldoggen herum, während ich auf meine Kontaktperson warte. Ich habe ihm den Zugangscode und einen Schlüssel gegeben. Wenn er nicht so dämlich ist, sich zu verlaufen oder sich schnappen zu lassen oder beides, müsste er in einer Stunde hier sein.

Bei einem Bildschirm in der Ecke der Monitorwand gibt es Probleme. Es blinkt rot, das Streaming funktioniert nicht. Ich klicke ihn nicht an. Den klicke ich nie an, wenn ich es vermeiden kann. Ich schalte die Monitore für ein paar Minuten auf Selbststeuerung und schleppe meine müden Knochen zum Snackautomaten.

Die Flure hier sind steril, in einem industriellen Blau, das mich an Flughäfen erinnert, und bis auf den Erste-Hilfe-Kasten, der neben der Treppe hängt, völlig leer. Alles ist schalldicht, gedämpft. Die dicken Teppiche riechen nach Reinigungsmittel. Anlagen regeln alles präzise. Sogar das Klima.

Das ist kein Ort, an dem sich Menschen begegnen, es ist überhaupt kein Ort für Menschen. Selbst bei Tage treffe ich selten jemanden, obwohl hier Hunderte Tierpfleger, Klangspezialisten, Tierärztinnen, Betreuerinnen und weiß der Geier wer arbeiten.

An dem Automaten, der aussieht wie ein Sarg aus einer fernen Galaxie, hole ich mir ein Päckchen Frazzles. Als ich wieder an meinem Schreibtisch sitze und es öffne, tollen die Welpen noch herum.

Die Inhalte, die wir hier raushauen, sind dazu gedacht, den zornigen Teil unseres Gehirns lahmzulegen. Deshalb hasse ich das. Das Ministerium für Arbeit und Versorgung fördert uns, weil es in der Krise steckte. Als es die Sozialleistungen kürzte, bekamen die Leute nicht etwa schneller einen Job, sondern die Selbstmordrate ging durch die Decke, und keine staatlich geförderte Therapie hätte die Leute dazu bringen können, Armut, Hunger und Perspektivlosigkeit einfach so wegzustecken.

Aber alle mögen Katzenvideos. Und Welpenvideos. Je höher die Qualität, je frischer die Inhalte, desto besser. Es war nur eine Frage der Zeit, dass Fördergelder flossen. Hier geht es um Angebot und Nachfrage. Manchmal wünschte ich, ich wäre ein Welpe. Oder eine Katze. Dann fänden mich die Leute wahrscheinlich reizend. Oder zumindest die Mädchen, und um die geht es.

Ehrlich, mich erstaunt, was Mädels Katzen so alles durchgehen lassen. Wenn ich mich je aufgeführt hätte wie Pocket – einmal die Stunde Jackie anschreien, damit sie mir genau das zu essen gibt, was ich mag, ihre Lieblingssachen zerfetzen und sie passiv-aggressiv ignorieren, wenn sie auch nur fünf Minuten zu spät von der Arbeit kommt –, dann hätten ihre Freunde ihr wohl dringend geraten, unsere Beziehung an den Nagel zu hängen. Wenn ich es mir recht überlege, haben sie ihr das wahrscheinlich sowieso geraten.

Jackie wollte immer, dass ich mich öffne. Ich sagte, warum, wo wir doch fernsehen und Toast essen können und ich mich über dich hermachen kann wie ein Welpe über ein Stück Fleisch. Sie hörte einfach nicht auf damit. Ich rede nicht gern über Gefühle, weil die Leute dann erwarten, dass man auf Knopfdruck welche hat.

Das eine Mal, dass wir uns über den ganzen Kram unterhielten, war es Pockets Schuld.

Und das kam so: Eines Tages wachte ich unvermittelt auf und konnte die Augen nicht öffnen. Etwas Warmes, Lebendiges drückte mir die Lider zu, Haare kribbelten mir in der Nase und im Mund, Tiergeruch, ich konnte nicht atmen, und feines Fell setzte sich zwischen die Zähne, und es erstickte mich, und …

… die Katze hatte sich doch tatsächlich auf meinem Gesicht schlafen gelegt. Keuchend schleuderte ich sie weg und warf mit Gegenständen nach dem idiotischen Vieh, das nun fauchend an der Schlafzimmertür kauerte. Ich warf mit den Schuhen und dem Handy, bis mir Jackie in den Arm fiel, Pocket hochnahm und die Badezimmertür hinter sich zuknallte. Ich kreischte immer weiter.

Also erzählte ich Jackie schließlich, was mit Emily passiert war. Nur, damit sie aus dem Bad kam und aufhörte zu weinen. Und als ich es ihr erzählte, fing sie gleich wieder an.

Mir geht's gut, sagte ich. Das ist lange her, und ich bin darüber hinweg. Es sterben dauernd Leute, so ist das eben. Und manchmal sterben sie, wenn sie noch klein sind, und manchmal ist die große Schwester mit im Zimmer und kann nichts tun, weil sie auch noch klein ist, Scheiße noch mal. Alles in Ordnung, sagte ich.

Nichts ist in Ordnung, sagte Jackie. Du bist nicht in Ordnung. Und dann fing sie wieder an zu weinen, und ich musste sie küssen, bis sie aufhörte.

Lass dich nie auf ein Mädchen ein, das eine Katze hat. Wenn sie nicht schon immer überkandidelt war, wird sie es spätestens dann.

Pocket konnte gar nichts falsch machen. Einmal kackte sie in Jackies Schuhe – eine Wurst in jeden Schuh, genau über dem Absatz –, und das war offenbar okay. Pocket schien an dem Tag nervös zu sein. Ich sagte Jackie, ich sei auch nervös, und das schon seit Monaten, und ich fragte sie, wie es für sie wäre, wenn ich in ihre Schuhe kackte. Sie nahm die Katze und marschierte mit ihr ins Schlafzimmer, und ich schwöre, das verfluchte Vieh grinste mich an.

Später haben wir uns versöhnt. Das Fass war nicht übergelaufen. Noch nicht.

Zum Überlaufen brachten es die Hippies nebenan. Ein ständiges Poltern und Klopfen, die ganze Nacht. Der Wohnblock ist alt, und die Mauern sind dick, aber trotzdem hörten wir unheimliche Geräusche durch die Trennwand – es knurrte und jammerte und krachte, als hätte man auf einem Bauernhof die Tiere aus dem Stall gelassen. Hippies sollten keine Haustiere halten dürfen. Sie bringen schon für sich nicht die notwendige Disziplin auf, geschweige denn für ein Tier oder zwei oder sechs.

Wenn der Lärm mal einen Tag lang aufhörte, dachten wir, Jackie und ich, wir könnten endlich eine

Nacht durchschlafen. Doch dann ging es wieder los. Jackie brauchte ihren Schlaf. Ich leide schon immer an Schlaflosigkeit, daher macht es mir nichts aus, aber Jackie wurde blass und verwirrt, wenn sie auch nur ein oder zwei Stunden zu wenig Schlaf hatte.

Es half nichts, gegen die Wand zu hauen. Passivaggressive Zettel halfen auch nicht weiter. Und mein Mädchen wurde blasser und blasser, kam morgens zu spät zur Arbeit und kriegte Ärger. Ich konnte das nicht länger hinnehmen.

Eines Morgens kam ich in der Frühe nach Hause und wollte mich zu ihr kuscheln, da lag sie auf dem Bett, hingestreckt wie eine Leiche, die Augen aufgerissen, die Lippen zusammengekniffen, und horchte auf das Klopfen und Knurren, das durch die Wand drang. Im Hintergrund liefen Videos von der Arbeit. Sie schaute sie sich immer zur Beruhigung an, wenn ich nicht da war, aber nun sah sie gar nicht hin. Tränen durchnässten den Pfirsichflaum auf ihren Wangen.

Und ich gebe es zu: Ich drehte einfach durch.

Ehe ich mich versah, stand ich vor der Tür der Nachbarn und schrie, sie sollten herauskommen und mir Rede und Antwort stehen.

Ein dürrer weißer Knabe mit dreckigen Dreadlocks machte auf und entschuldigte sich immer und immer wieder, und hinter ihm knallte ein Mädchen in Schlabberhosen Türen, damit ich nicht sehen konnte, was immer ich da nicht sehen sollte. Was mich noch wütender machte.

Ich sagte, ich würde die Polizei rufen, und er entschuldigte sich. Ich sagte, ich hätte diesen ganzen Scheiß gründlich satt, und er entschuldigte sich und bot mir Geld, das er augenscheinlich nicht hatte, weil er wahrscheinlich alles für Gras und das bescheuerte Patschuli-Öl ausgegeben hatte, und genau das sagte ich ihm auch. Als ich endlich fertig war, schien er in sich zusammengefallen zu sein: Er stand noch da, aber es sah aus, als wollte er sich in seinem T-Shirt verstecken. Mir blieb nichts anderes übrig, als zu gehen.

Jackie wartete in der Küche auf mich. Starrte mich an, hellwach.

Ich wusste nicht, dass du so sein kannst, sagte sie. Ihre Stimme klang leise und erschöpft.

Alles okay, Süße, sagte ich. Die werden uns so bald nicht mehr stören.

Ich wollte meinen Arm um sie legen, doch sie wich zurück.

Nichts ist okay, sagte sie. Du hast mir Angst gemacht.

Ich wusste nicht, was ich sagen sollte, also sagte ich nichts. Bald darauf ging sie ins Bett, und ich legte mich auf das Sofa. Es war völlig still, doch ich konnte erst einschlafen, als die Sonne hoch am Himmel stand. Ich wachte davon auf, dass mir Pocket miauend mit der Tatze aufs Gesicht tatschte. Jackie war weg.

Um ehrlich zu sein: Danach ging es mir ziemlich dreckig. Ich arbeitete weiter, oder besser gesagt, ich ging in die Firma und hackte Zahlen in Masken, die auf der Windschutzscheibe meines Lebens zu einer Schmierspur aus Verbitterung verwischten. Arbeiten, nach Hause, schlafen.

Ich überlegte, ob ich mir in meiner Freizeit Videoclips reinziehen sollte, denn dafür waren sie ja da, zum Geier, damit es den Leuten besser ging, aber ich wollte gar nicht, dass es mir besserging. Ich starrte lieber die Schatten an, die über die Sockelleisten krochen.

Allerdings hatte ich ja noch die Katze. Deshalb bin ich mir sicher, dass Jackie nie für immer gehen wollte. Auf dem Zettel, den sie zurückließ, stand, dass ich mich um Pocket kümmern sollte und möglichst auch um mich. Auf beides war ich nicht sonderlich scharf, aber Pocket war das einzige Lebewesen, das Jackie so sehr zu vermissen schien wie ich.

Ein Tier ist ein Haken, den man in einem anderen Menschen hinterlässt. Pocket drückte sich auf der Treppe herum, maunzte und machte sich aus Höschen, die unter dem Bett lagen, kleine Nester, bis ich sie fand und wegwarf; die Katze und ich sahen einander nicht an, weil es uns beiden sichtlich peinlich war.

Schließlich schien Pocket zu begreifen, dass Jackie nicht zurückkommen würde. Sie hörte auf, wie eine Blöde durch die Wohnung zu rennen, und saß nur noch da, die mandelförmigen Augen halb geschlossen. Sie starrte die Tür an oder hockte unter dem Wasserhahn und ließ sich volltropfen, plitsch, platsch, ohne sich auch nur zu bewegen. Oder sie lag auf dem Bett, ausgestreckt wie ein überfahrenes Tier, und machte dieses grässlich ächzende Autoreifengeräusch.

Ich weiß nicht, warum ich anfing, Videos zu drehen. Wenn ich ehrlich bin, hoffte wahrscheinlich etwas in mir, sie würde sie sehen. Sie liebte die Tierclips, musste dauernd heulen, wenn sich die dusseligen kleinen Bulldoggen nicht auf den Beinen halten konnten, auf ihrem flauschigen kleinen Rücken hin und her schaukelten und mit den Beinen strampelten. Das sei eine Metapher für unsere Beziehung, sagte sie. Ich sagte, laber doch keine Scheiße – einer dieser Sätze, die ich mir besser verkniffen hätte.

Die Katzenvideos mochte sie am liebsten. Katzen in Schachteln. Katzen, die in Schachteln zu klettern versuchten, obwohl sie zu klein dafür waren. Katzen, die wie Menschen auf die Toilette gingen. Katzen, die sich so benahmen, dass Menschen sie mehr liebten als andere Menschen.

Jedes Mal, wenn ich einen Clip postete, in dem Pocket die Wand anstarrte, hoffte ich wahrscheinlich, dass Jackie ihn sehen würde und Bescheid wüsste. Sie würde ihn sehen, und sie würde sehen, wie traurig die Katze war, und sich zumindest mal melden.

Aber sie meldete sich nicht. Andere Leute meldeten sich.

Hunderte von Leuten. Dann Tausende.

Dann Zehntausende, und alle sagten dasselbe. *Die Katze bin ich,* sagt Dina9 aus Albuquerque. *Sad Pocket berührt mich tief in der Seeeeele,* sagt Toni aus Hamburg. *Warum, um Himmels willen, ist die Katze so traurig?? Jemand muss sie retten!!,* sagt KitKatCally aus London.

Genau. Komm, und rette uns, Jackie. Komm nach Haus und rette uns beide.

Bald arbeitete ich mehrere Stunden am Tag an den Videos. Und wahrscheinlich war ich nicht sonderlich überrascht, als ich telefonisch zu meiner Arbeitsstelle zitiert wurde.

Man führte mich durch die Eingangshalle in einen kleinen Raum, in dem ein kleiner Mann in Anzug und Schlips auf mich wartete, vor sich einen Stapel Papier, auf dem Gesicht ein aufgesprühtes Lächeln.

Miss Lehman, sagte der Schlipsträger. Er erweiterte meinen Namen um acht zusätzliche Konsonanten. Den Snobs reicht es nicht, dass sie alles Glück und alles Geld haben, sie horten auch noch alle Konsonanten. Danke, dass Sie so kurzfristig gekommen sind.

Ich sagte ihm, dass man mich wie die Zitrone aussprach, Lemon, und außerdem hätte ich wohl keine andere Wahl gehabt, Sir.

Oh, nennen Sie mich Ollie, sagte der Schlipsträger und zog die Mundwinkel hoch, ohne mit den Augen zu lächeln. Ich nehme an, Sie wissen, warum Sie hier sind. Ich war darauf gefasst, gefeuert zu werden, sagte es aber nicht.

Wir sind alle sehr beeindruckt von Ihrer, ähm, freiberuflichen Tätigkeit, sagte er. Sehr innovativ, wirklich. Unser Unternehmen hat sich auf leichte fröhliche Inhalte spezialisiert. Das Sad-Pocket-Format unterwandert dieses Prinzip. Es schafft eine Beziehung. Es ist ein völlig anderes Produkt, eins, von dem wir gar nicht wussten, dass es uns interessieren könnte.

Wir bieten einen verfolgbaren digitalen Dienst für Gefühlsansteckung, aber offenbar ist tragische Katharsis ebenso ansteckend wie komische Erleichterung. Unsere wichtigsten Projektpartner sehen das genauso. Das Ministerium für Arbeit und Versorgung interessiert sich für Sie.

Ich nickte und starrte auf einen Punkt knapp oberhalb seines rechten Ohrs. Den Trick habe ich in der Schule gelernt. Er garantiert, dass sich jemand leicht unwohl fühlt, ohne genau zu wissen, warum.

Der Schlipsträger rutschte auf seinem Stuhl hin und her und räusperte sich.

Also, jedenfalls, äh, es geht um Folgendes. Wir wollen Sad Pocket in unsere Marke integrieren. Sie als Besitzerin erhalten natürlich Boni. Eine Gewinnbeteiligung, vielleicht sogar einen kleinen Vorschuss. Selbstverständlich brauchen wir die exklusiven Rechte für den Markennamen Sad Pocket und das Verfügungsrecht. Hier vor Ort.

Ich fragte ihn, ob er meine Katze ernsthaft requirieren wolle.

Umsiedeln, korrigierte er und grinste mich an, als wäre ich ein leckerer kleiner Snack. Die Katze erhielte eine vorzügliche Betreuung. Wirklich, das ist nur vernünftig. Das Tierchen ist wertvolles geistiges Eigentum. Sie wissen das ja bestimmt, als Besitzerin.

Ich erklärte ihm, dass ich nicht die Besitzerin sei, sondern Pocket nur füttere, bis die Besitzerin zurückkomme, und außerdem gehe es uns bei mir zu Hause ganz gut, danke schön.

Ah, sagte der Schlipsträger. Nun, ich sage Ihnen das wirklich nicht gerne, aber es gibt da ein paar juristische Details zu bedenken.

Der Schlipsträger ließ sich von einem ebenfalls Schlips tragenden Lakaien ein Blatt Papier geben und erklärte mir, ich hätte keine Wahl. Urheberrechtsverletzung blablabla. Blablabla ungenehmigte freiberufliche Tätigkeit. Die beiden lächelten unentwegt. Sie boten mir Kaffee an. Ich lehnte dankend ab.

Am nächsten Tag kreuzten drei Kerle in Security-Jacken bei mir zu Hause auf und nahmen Pocket mit.

Ich durfte sie nicht besuchen. Nicht, dass ich gewusst hätte, was ich mit ihr hätte anstellen sollen. Ich meine, sollten wir den neuesten Tratsch austauschen? Ich weiß auch nicht. Ich nahm mir eine Zeit lang frei, und in der Firma fanden das offenbar alle in Ordnung. Ich hatte jede Menge Urlaub angespart. Meine freien Tage verbrachte ich auf dem Sofa. Ich sah mir Clips an und fand Pocket innerhalb von weniger als zehn Sekunden, aber das machte mich einfach nur traurig. Deshalb sah ich mir wie die meisten Leute lieber die Welpen an. Und den frechen Foxterrier. Und den Plumplori, der breit grinste, wenn man ihn kitzelte. In Wahrheit ist das für diese schrägen Dschungelviecher eine Form der Folter. Mit dem herrlich menschlichen Lächeln drücken sie ihre Todesangst aus. Aber wen juckt's? Ist doch total süß.

Ich lag also auf dem Sofa, sah mir die Videos an und schmorte im Schweiß meiner Schlabberhosen vor mich hin.

Alles wäre wunderbar gewesen, wenn durch die Wand aus der Nachbarwohnung nicht wieder dieses Geheul gekommen wäre.

Ich setzte mir Kopfhörer auf. Es half nichts.

Ich hämmerte gegen die Gipskartonwand, damit ich ungestört weiter in meinem Drecksaft schmoren konnte. Keine Antwort.

Schließlich zog ich mir Schuhe an, ging nach nebenan und klingelte etwa eine Stunde lang Sturm, bis White Boy Dreadlocks und die Kleine aus *Almost Famous* endlich aufmachten.

Ich sagte kein Wort. Ich stürmte an ihnen vorbei ins Wohnzimmer, wo ich mit offenem Mund stehen blieb. Besichtigte das Chaos aus sabbernden, winselnden, scheißenden Viechern und musste lachen.

Denn da waren elf halb ausgewachsene englische Bulldoggen und nahmen das Zimmer auseinander. Ich wusste genau, wo sie herkamen.

Dreadlocks nieste im Hintergrund – wahrscheinlich eine Allergie –, und die Karen-Carpenter-Billigversion zupfte an meinem Ärmel.

Sie sind nicht mehr lange da, Miss, sagte sie. Bitte sagen Sie es niemandem. Und dann jammerte sie ordentlich herum, was genau, weiß ich nicht mehr.

Einer der Hunde bestieg einen anderen, und sie begannen japsend zu poppen. Die Hippietussi schauderte und entschuldigte sich gleich wieder.

Da kam mir eine echt interessante Idee.

Nein, sagte ich. Das ist toll. Ich glaube sogar, wir können uns einigen.

Schritte in der Eingangshalle, fast geräuschlos. Ich höre sie nur, weil ich schon darauf warte. Dann ein leises Klopfen an der Tür. Er ist hier.

Ich lasse ihn schnell rein. Er schiebt sich zwei schmuddelige Dreadlocks hinters Ohr, während er sich im Monitorraum umsieht.

Ach du Scheiße, sagt er. Das ist ja noch abgefahrener, als du gesagt hast.

Ich frage ihn, ob er hat, was er braucht, und er sagt ja, alles. Er trägt sogar dünne schwarze Handschuhe, in seinem Kopf scheint eine Art James-Bond-Film abzulaufen.

Ich sage ihm dasselbe wie in seiner Wohnung, als wir den Plan ausgeheckt haben, nämlich, dass er in einer halben Stunde wieder draußen sein muss. Dass ich die Übertragung nur so lange unterbrechen kann und danach der Alarm losgeht.

Mein Nachbar, der jetzt möchte, dass ich ihn Charlie nenne, setzt ein albernes Grinsen auf, für das ich ihm am liebsten eine kleben würde. Du bist echt cool, sagt er. Danke.

Ich nicke. Dann bindet er mich wie vereinbart mit Klebeband am Stuhl fest. Er räuspert sich, als er sich an meinen Füßen zu schaffen macht, und ich weiß, dass ihm ein schweinischer Witz auf der Zunge liegt. Er öffnet den Mund.

Ich sehe ihn streng an.

Er schließt den Mund.

Pocket ist in einem Raum im zweiten Stock. Ich weiß nicht, in welchem, weil sie es mir nicht gesagt haben. Mein Nachbar wird alle Türen öffnen müssen, bis er sie gefunden hat. Er hat eine halbe Stunde, in der er reingehen und mit Pocket und möglichst vielen Tieren wieder rauskommen muss, mit möglichst viel Tamtam, damit man ihn auch bemerkt, was immer er sich davon verspricht.

Und jetzt, sage ich zu Charlie, schlag mir ins Gesicht. Damit es authentisch aussieht.

Das will er nicht, also trage ich ihm auf, meinen Stuhl umzuwerfen. So bekomme ich einen Schlag auf den Kopf, der beweisen wird, dass man mir Gewalt angetan hat.

Charlie kippt den Bürostuhl sehr, sehr sanft um und legt ihn samt mir auf die Seite.

Viel Glück, Süße, sagt er und zieht mir vorsichtig den Ausweis über den Kopf. Dann ist er weg.

Meine Wange wird gegen den Teppich gedrückt, sie juckt und brennt. Mein Gewicht lastet auf dem Genick und auf der Schulter, aber ich kann mich noch bewegen, weil dieser idiotische Pastafari nicht einmal in der Lage ist, jemanden anständig zu fesseln. Ich kann ihn jetzt sehen, auf dem zweiten Bildschirm ganz oben. Er ist bei den Bulldoggen.

Als er den Raum betritt, fangen die Welpen sofort an zu kläffen und wuseln ihm über die Füße, aber er nimmt sie nicht hoch. Stattdessen holt er eine Sprühdose heraus und schreibt eine riesige windschiefe Nachricht an die Wand.

Er braucht drei wertvolle Minuten, um K-O-N-Z-E-R-N-M-A-N-I-P-U-L-A-T-I-O-N an die Wand zu klecksen, und dann ist er im nächsten Raum und setzt seine Graffiti-Protestaktion fort.

Genau wegen solchem Gedöns lasse ich die Finger von der Politik.

Ich reckte den Hals, um einen Blick auf die Statistik zu erhaschen. Die Live-Streams laufen heiß.

Dann fällt mein Blick auf den Bildschirm in der Ecke. Den mit dem roten Blinklicht.

Das Set für Sad Pocket ist ein Meisterstück. Im Raum wimmelt es von halb verzehrten Mahlzeiten, leeren Pizzaschachteln und Bewerbungen, Relikten der Verzweiflung. Sechzehn Katzen liegen nur so auf dem Sofa herum und starren in die Glotze. Die meisten stehen unter Drogen.

Pocket ist ganz vorn, die Gute, sie thront auf der Couchlehne. Ihre Augen sind halb geschlossen, als könnte sie sich nicht mal mehr aufraffen, alles hinzuschmeißen. Feine Katze.

Der Live-Stream wird unterlegt mit Velvet Underground und Postal Service und allen möglichen Songs, bei denen man sich am liebsten die Pulsadern aufschneiden würde, aber ich habe keinen Ton. Als Charlie den Raum betritt, wirkt er deshalb wie ein Stummfilmstar, geräuschlos, fast ruckartig und in Schwarzweiß.

Ich sehe, wie er Pocket hochnimmt. Sie schmiegt sich um seinen Arm, geschmeidig wie ein Handtuch, und er schreibt wieder eine Botschaft an die Rückwand. Diese ist anders. Diese kenne ich. J-A-C-K-I-E schreibt er in wackligen Großbuchstaben. Ich sehe, wie Buchstabe für Buchstabe das zweite Wort entsteht. J-A-C-K-I-E-K-O-M-M-

Plötzlich lässt Charlie die Dose fallen und sinkt zu Boden.

Ich recke den Hals, um zu erkennen, was da los ist. Charlie bewegt sich nicht, jedenfalls nicht sehr – er kniet am Boden und niest. Der Ton ist aus, aber ich kann sehen, dass er um Luft ringt.

Verdammte Amateure.

Es ist nun wahrlich nicht mein Problem, wenn dieser Vorstadt-Bob-Marley allergisch ist und seine Medikamente nicht genommen hat.

Nicht mein Problem, aber ich kann trotzdem nicht wegsehen.

Hustend kratzt er sich das Gesicht, als fiele ein Schwarm unsichtbarer Insekten über ihn her. Das interessiert nun auch die traurigen Katzen. Sie streichen um seine Beine, während er nach Luft ringt.

Genau wie Emily.

Ich bin wieder sechs Jahre alt, sehe, wie meine Schwester röchelnd auf dem Teppich unserer Cousine krampft. Ich bin sechs Jahre alt, und es ist egal, wie laut ich schreie, denn ich kann nicht verhindern, dass ihre Lippen blau anlaufen und ihre Augen sich verdrehen.

Ich bin sechs Jahre alt, und nichts wird jemals wieder eine Rolle spielen.

Ich heule jetzt Rotz und Wasser. Auf dem Monitor über mir röchelt Charlie lautlos, Pocket hat er noch immer auf dem Arm, doch er wird schwächer, und sie entwindet sich seinem Griff, rennt durch die Tür auf den Flur. Weg ist sie.

Charlie müsste jetzt auch weg sein, denn nun geht die Sirene los, heult über mir, blinkt rot, der albtraumhafte Herzschlag eines riesenhaften Tiers, das in der Falle sitzt. Charlie kann nirgends hin. Er liegt flach auf dem Rücken unter dem Schriftzug JACKIE KOMM, würgt und keucht, starrt in die Kamera und formt mit dem Mund die Worte: Hilf mir. Hilfe.

Das ist doch nicht mein Problem, verdammte Scheiße.

Ich könnte einfach hier liegen bleiben und darauf warten, dass sie ihn erwischen. Wahrscheinlich würde ich meinen Job sogar behalten. Und alles wäre gut. Stattdessen reiße ich mir brüllend das Klebeband vom Handgelenk und stürme durch den Gang, direkt zum Erste-Hilfe-Kasten an der Treppe.

Warte, Charlie! Ich komme! Über die schrille Alarmanlage hinweg kann er mich nicht hören. Bei einem akuten Asthmaanfall stirbt ein Mensch innerhalb von fünfzehn Minuten. Wenn ich mich beeile, schaffe ich es vielleicht noch rechtzeitig.

Wissen Sie, warum Sie hier sind, Miss Lehman?

Der Schlipsträger schiebt eine Tasse Kaffee und ein paar Frazzles über den Tisch. Ich will sie nicht annehmen, aber es ist die erste Nahrung, die mir seit Stunden angeboten wird. Oder seit Tagen. Ich weiß nicht, wie lange ich schon in diesem Raum bin. Sie haben mich gezwungen, einen dicken Stapel Formulare zu unterzeichnen, und dann haben sie mich hier sitzen lassen.

Ich habe keine Ahnung, wo Pocket ist.

Sie haben uns sehr viel Ärger eingehandelt. Aber dass Sie Charles Ruthven-Lawton durch Ihr rasches Handeln das Leben gerettet haben, hat uns noch viel mehr Ärger erspart.

Als sie uns fanden, drückte ich wie verrückt auf Charlies Brustkorb und versuchte, ihm den Notinhalator zwischen die Zähne zu schieben. Das Gefängnis wird für ihn kein Spaß, aber ich bin froh, dass er es geschafft hat.

Wollen Sie mich jetzt feuern?, frage ich erschöpft.

Oh nein. Meine Güte, nein. Ich bin hier, um Sie zu befördern, sagt der Schlipsträger. Ihr kleiner Stunt hat uns eine Menge Publicity gebracht. Die Reaktionen der Öffentlichkeit waren positiver, als wir es erwartet haben. Der Zeitpunkt ist perfekt geeignet, in einen neuen Geschäftsbereich zu expandieren.

Ich starre auf einen Punkt oberhalb seines linken Ohrs.

Es ist eine hochinteressante Entwicklung, und wir wüssten es wirklich zu schätzen, wenn Sie als gesunde junge Frau uns unterstützen. Im Gegenzug verzichten wir auf eine Anzeige wegen verbrecherischer Umtriebe und auf ein Gerichtsverfahren.

Er bedeutet mir, ihm zu folgen, geht aus dem Raum und durch den Flur.

Wir sind in einem Teil der Firma, den ich noch nie gesehen habe. Irgendwo unter der Erde. Ich folge dem Schlipsträger, der Türen mit seiner Schlüsselkarte öffnet. Aber im Grunde weiß ich schon, was ich gleich zu sehen bekomme.

Am Ende des Flurs hört man ein Baby weinen.

Das Tötungsglas

Am Dienstagsmord ist nichts Besonderes, von dem Papierkram einmal abgesehen.

Ich war bis vier Uhr morgens auf und habe die Bewerbung durchgearbeitet. Das ist eigentlich nicht meine Aufgabe, weil Praktikantinnen mit dem Council nichts zu schaffen haben. Aber Tony findet, Verwaltung ist Frauensache. Als ich nach unten komme, backt Mona schon Pfannkuchen.

Heißer Kaffee steht auf dem Küchentisch. Im Grunde ist es Monas Küchentisch, denn sie steht im Mietvertrag, und die Wohnung ist kaum groß genug für eine Berufstätige, geschweige denn zwei. Wir kommen aber ganz gut miteinander klar. Ich weiß, sie macht sich Sorgen um mich, deshalb kümmert sie sich auch darum, dass ich etwas esse, bevor ich gehe.

»Es ist noch nicht mal sieben«, sagt Mona. »Du darfst ihn das nicht ständig mit dir machen lassen. Er bezahlt dich nicht dafür.«

Sie ist gereizt, auch wenn sie es nicht zugibt. Sie wird so gut wie nie sauer, eine gute Eigenschaft an einer Mitbewohnerin.

Trotzdem wünschte ich manchmal, sie hätte mehr Verständnis. Nachdem mein letztes Praktikum so gründlich danebengegangen ist, weiß sie doch, wie wichtig das jetzt für mich ist.

»Ich hole nur noch die Aufnahmegeräte aus dem Lager«, sage ich. »Wir müssen das an den *Standard* schicken, ehe die in Druck gehen.«

»Du darfst dich von ihm nicht behandeln lassen, als wärst du ein Küchengerät.«

Mona tut jetzt sehr beschäftigt und meidet meinen Blick. Für ihre Verhältnisse ist sie schon ziemlich sauer. Sie schiebt das Frühstücksgeschirr zur Seite, füllt das Abtropfsieb mit toten Fröschen aus dem Kühlschrank, spült sie ab und tupft sie auf einem Küchenhandtuch trocken.

Ich liebe Monas Frösche. In letzter Zeit macht sie meistens kleinere Sachen, Schmetterlinge und Motten und die eine oder andere junge Taube, die sich im Frühling an der Scheibe zum Balkon den Hals bricht. Aber an den Fröschen wurde mir erstmals klar, dass sie Talent hat. Sie bestreicht die Tiere mit einer klebrigen Glasur, und gleich sehen sie aus, als wären sie gerade aus dem Gartenteich gehüpft und atmeten noch durch die schleimige Haut.

Monas Blick streift die Flecken auf meinem Oberteil, das ich seit drei Tagen anhabe. Sie merkt, dass ich ihren Blick bemerke.

»Schau mal, das muss dir nicht peinlich sein«, sagt sie. »Es sind ja nur Leichen. Ich will nur, dass du auf dich aufpasst, das ist alles.«

Ich weiß, Mona macht sich Sorgen um mich. Aber sie hat reiche Eltern, die alles bezahlen, was ihr wichtig ist. Für sie ist es anders.

Nur Leichen, es sind nur Leichen, sage ich mir, während ich auf den Bus warte.

Trotzdem ist es mir peinlich. Und ich ärgere mich über mich selbst, weil es mir peinlich ist, denn schließlich wusste ich ja, worauf ich mich einlasse, als ich den Job übernahm. Mir hätte klar sein müssen, was mich erwartet.

Trotzdem, mein Chef und ich haben ein ganz gutes Verhältnis.

Meistens bringe ich die Leute dazu, dass sie mich mögen. Das liegt mir, auch wenn Tony meine Sozialkompetenz auf eine harte Probe stellt. Wenn er sich mit jemandem unterhält, weiten sich seine Augen ein bisschen, aber er weicht dem Blick seines Gegenübers immer aus. Seine Aufmerksamkeit schießt kreuz und quer durch den Raum, und auch körperlich ist er in Bewegung, geht rastlos auf und ab, fährt sich mit den Händen durchs Haar. Sofern er nicht arbeitet. Wenn er arbeitet, ist er völlig ruhig.

Doch vor laufender Kamera zappelt er herum, und es dauert ewig, das Dienstagsvideo zu drehen.

»Die Angst wird dich lähmen«, knurrt er unter der Maske. »Der Schmerz wird dich zähmen. Der Tod wird dich nehmen, mich wirst du nicht kennen…«

»Tony«, sage ich und schiebe meinen Oberkörper ins Bild. »Ich habe ja nichts gegen die schlechten Reime, aber ist es dir wirklich ernst mit dieser Knurrstimme?«

»Die Leute mögen das Knurren«, sagt Tony und schiebt sich die Clownsmaske aus Gummi auf die Stirn. »Das ist ein Klassiker.«

»Ich weiß«, sage ich, »aber ein Klassiker wird eigentlich nicht von uns erwartet.«

Das stimmt. Seit der Serienmord in England als Kunstform anerkannt wurde, geht es um Originalität. Der Arts Council fördert den originellen Ansatz, auch wenn die Fans die alten Hammer-Horror-Motive am liebsten mögen. Und Fans gibt es mindestens so viele wie glupschäugige Sixties-Killer, auch wenn Tony nur ein schwacher Kinski-Abklatsch ist.

»Ich finde nur, das erinnert zu sehr an *Saw*, dieses Knurren«, sage ich. »Wenn du eine Hommage an alte Filme im Sinn hast, solltest du vor 1980 zurückgehen.«

»Das hast du wohl bei den Medienwissenschaftlern gelernt?« Tony grinst höhnisch. »Knurren ist aus gutem Grund ein Klassiker. Machen wir es noch mal.«

Sich mit Tony herumzustreiten, bringt gar nichts. Ich weiß nicht, ob er ein durch und durch gestörter Mensch ist, der so tut, als wäre er normal, oder ein durch und durch normaler Mensch, der so tut, als wäre er gestört.

Wir drehen das Video, schneiden es und schicken es an den *Evening Standard*. Dann essen wir zu Mittag, Würstchen in Blätterteig vom Imbiss an der Ecke, Limo für Tony und schwarzen Kaffee für mich. Ich bin immer noch übernächtigt und reizbar.

»Also«, sagt Tony, als ich die Teller wegräume. »Sehen wir uns an, wo es heute Abend hingeht.«

Ich werfe einen Blick in die Unterlagen, obwohl das eigentlich überflüssig ist.

Seit drei Tagen arbeite ich sie nun schon durch. Serienmord als Kunstform bewegt sich in einer rechtlichen Grauzone und unterscheidet sich daher von anderen Gewaltverbrechen. Der Verstoß gegen Gesetze gehört zwar dazu, aber gleichzeitig legt der Arts Council über jeden Fall eine Akte an und vergibt Fördergelder für besonders verdienstvolle Arbeiten. Das bedeutet, dass man nicht nur viel, sondern auch ziemlich verwirrenden Papierkram hat.

»Von der Bewerbung fehlen die ersten paar Seiten«, sage ich zu Tony. »Ich habe die ganze Nacht danach gesucht. Die Eckdaten sind aber da, auch die Unterschrift.«

»Dann fangen wir mit den Eckdaten an.« Tony macht sich noch eine Limo auf.

»Anthony Harris, dreiundsechzig Jahre alt, verheiratet, keine Kinder, lebt in Walthamstow. Also nicht weit von hier. Da kommen wir mit dem Bus hin.«

»Warum hat er sich beworben?«

»Die üblichen Gründe. Steht kurz vor der Rente. Depressiv, Medikamente wirken nicht, kriegt später mit staatlicher Grundrente nur mit viel Glück überhaupt eine Behandlung. Kaum Familie, abgesehen von seiner Frau, und der geht es, glaube ich, nicht gut.«

»Also kein Fan?«

»Oh doch, definitiv ein Fan. Er hat speziell nach dir gefragt.« In Wahrheit hat Harris Tonys Namen zweimal falsch geschrieben – unterschiedlich falsch –, aber das reibe ich ihm nicht unter die Nase.

»Für die Fans tun wir doch alles, oder?«, sagt Tony geschmeichelt.

Ich zögere. »Ich finde, wir sollten die ganze Bewerbung vor uns haben, ehe wir das durchziehen.«

»Lass das mal meine Sorge sein«, fährt Tony mich an. »Du hast damit gar nichts zu schaffen. Du tust, was ich dir sage. Zisch ab, und kümmere dich um die E-Mails. Ich muss in Stimmung kommen.«

Ich weiß, wann ich besser den Mund halte, also setze ich mich an den Laptop.

Mein Job besteht etwa zur Hälfte aus der Beantwortung von E-Mails. Es sind immer ein oder zwei begeisterte Möchtegern-Komplizen dabei, was bescheuert ist, weil jeder weiß, dass der Council eine zentrale

Vermittlung betreibt und man sich nicht direkt bewerben kann. Aber die meisten E-Mails kommen von Fans. Tony beantwortet meist eine oder zwei am Tag, womit er sich nicht gerade überarbeitet.

Ein bisschen tut mir Tony ja leid. Nicht, dass er kein guter Serienmörder wäre. Nur ist es aus verschiedenen Gründen nicht so gut für ihn gelaufen, und er ist nicht so berüchtigt, wie es jemand mit seinen handwerklichen Fähigkeiten verdient hätte.

Ein Beispiel: Der letzte Kommissar, den Tony in ein gewagtes Katz-und-Maus-Spiel verwickelt hatte – ein Alkoholiker mit schweren persönlichen Problemen und unorthodoxen Methoden –, landete im Entzug, und die Monate, in denen er ihre Feindschaft mühsam aufgebaut hatte, waren umsonst. Dem Kommissar geht es mittlerweile wieder gut, aber nach seinem Entzug darf er offenbar nicht mehr in den aktiven Polizeidienst zurück. Tony ist stinkwütend, weil er so viel Zeit in gruselige Tatortdetail-Spurenlegereien und Machtspielchen mit dem Kommissar investiert hat.

Der neue Kommissar, der jetzt zuständig ist, hat irgendwie nicht dasselbe Feuer. Klar, er verstößt hier und da gegen Regeln, aber die meisten seiner Kollegen mögen ihn, und Tony sagt, um wirklich interessant zu sein, fehlt es ihm einfach an Persönlichkeitsstörungen.

Ich finde diese Aussage ausgerechnet aus Tonys Mund ja ziemlich absurd.

Nicht, dass Tony ein Langweiler wäre. Und er hat auch andere Interessen, Sachen, für die er sich mit der kranken Leidenschaft begeistert, die man von Leuten seines Gewerbes erwartet. Aber am wichtigsten ist ihm eben, ein berühmter Serienmörder zu sein.

Sein anonymer Fanfeed – den ich betreibe, und zwar mit einer Verschlüsselung, die Tony nicht knacken kann – hat nur 380 Follower, aber obwohl die Zahl ständig steigt, ertappe ich ihn immer wieder dabei, wie er heimlich nach dem Zähler auf meinem Computer sieht.

Der Jammer ist, dass Tony eigentlich Talent hat. Das geht weit über das rein Handwerkliche hinaus. Seit der Serienmord im Präzedenzfall Rasselet als kulturelle Tätigkeit eingestuft und seine Verwaltung dem Arts Council übertragen wurde, haben sich schon viele als Serienmörder versucht, weil sie berühmt werden wollten. Sie dachten, nur weil sie jemandem das Genick brechen oder eine Arterie durchtrennen können, hätten sie das Zeug zum Serienmörder. Das waren keine Profis.

Tony ist ein Profi, aber er will sich einfach nicht entscheiden, was für ein Profi er sein möchte. Er kann sich nicht auf ein Alleinstellungsmerkmal festlegen. Auch wenn man die klassischen Motive der alten Schule aufgreift, braucht man so ein Merkmal, etwas Originelles, das die eigene Arbeit unverwechselbar macht. Bei Tony ist es in der einen Woche die Knurrstimme unter der Maske, in der nächsten sind es Münzen auf den Augen des Opfers, und das alles klaut er aus Filmen, die er angeblich nie gesehen hat. Es ist echt traurig.

Der Papierkram ist um halb fünf erledigt. Aber obwohl wir öffentliche Verkehrsmittel nehmen können, fehlt uns die Zeit, noch zurück nach Ealing zu fahren, ehe es wieder stadtauswärts nach Walthamstow geht. Ich simse Mona, dass ich nicht zum Abendessen komme.

Du musst kündigen, schreibt sie sofort zurück. Der Typ weiß deine Talente nicht zu schätzen. Such dir einen Job, in dem man dich nicht wie eine Magd behandelt, sondern wie das starke und ehrgeizige menschliche Raubtier, das du bist.

Mr Anthony Harris, wohnhaft in Hatherly Mews 27, Walthamstow, öffnet die Tür und scheint überrascht, uns zu sehen. Das ist seltsam, denn wir haben die Unterlagen, also müsste er uns erwarten.

»Natürlich bin ich ein Fan«, sagt Harris nervös, ohne uns hereinzubitten, »aber in den nächsten Wochen habe ich noch ziemlich viel zu tun. Deshalb, äh, war in meiner Bewerbung ausdrücklich von September die Rede, nicht vorher.«

Tony sagt nichts. Er kramt in seiner Aktentasche.

»Also, wenn Sie nächsten Freitag oder vielleicht Samstag wiederkommen könnten, wäre ich mehr als erfreut, Sie zu sehen«, brabbelt Harris weiter. »Jetzt muss ich erst noch die Tür zum Speicher reparieren, ein neues Zuhause für den Wellensittich suchen, meine Rente auf meine Frau übertragen – sie ist krank, wissen Sie, Alzheimer im Frühstadium. Lauter Kleinkram, der noch zu erledigen ist.«

Seine Stimme klingt panisch, und er weicht rückwärts in den Flur zurück, mit den schlaffen Armen schlenkernd wie ein gerupftes Huhn, das zu fliegen versucht.

Tony sagt immer noch nichts. Er holt eine rosa Karte aus der Aktentasche und reicht sie Harris. »Das ist die Nummer der offiziellen Beschwerdestelle«, sagt er. Dann zieht Tony seinen Elektroschocker aus dem Gürtel und trifft Anthony Harris aus nächster Nähe in die Brust.

Es macht keine großen Umstände, den massigen Harris auf eine Plastikplane zu rollen. Tony holt Handschuhe und Klavierdraht aus der Tasche und bringt die Sache zum Abschluss. Mehr Mühe macht es, nach den unvermeidlichen Entleerungen den Teppich im Flur zu schrubben.

Das erledige ich allein, und Tony, der sich dafür offenbar nicht zuständig fühlt, steht über mir und deutet auf Reste, die ich übersehen habe. Harris hat sich vollgepinkelt, als Tony ihn niedergestreckt und sich dann auf ihn gesetzt hat, den Elektroschocker in beiden Händen.

Das Fleisch bockte und bebte und tropfte und geiferte, und es war ein gedämpftes Quietschen zu hören, als ob jemand weit weg in einen Papierbeutel schreit.

Das einzige Wort, das ich verstand, war »Bitte«.

»Ist doch nicht mein Problem, wenn die Behörde den Papierkram verkackt hat.« Tony untersucht seine Fingernägel.

Ich vermeide, Harris in das sich lila verfärbende Gesicht zu sehen, während ich die Flecken aus dem Teppich schrubbe. Nicht, weil ich nicht damit klarkäme. Aber es wäre respektlos.

Es war ein sauberer Mord, und immerhin hat Harris ihn angefordert, aber es ist doch blöd, dass wir den falschen Tag erwischt haben. Andererseits fehlt das natürliche Überraschungsmoment, wenn das Opfer allzu gefasst ist.

Die Abteilung tut ihr Bestes, Perverse und Spinner auszusieben, aber ein paar Monate vor dieser Vermittlung wartete ein älteres Ehepaar in seinem Wohnzimmer schon mit Tee und Plätzchen auf Tony, als wir eintrafen. Aus Höflichkeit trank ich eine Tasse Tee. Die beiden sagten, sie hätten gehört, dass Tony ein effizienter und schwer arbeitender junger Mann sei, genau wie ihr Sohn, der nun das Haus verkaufen müsste, um ihre Pflege zu bezahlen. Ich steckte mir ein paar Kekse für später ein, weil mir irgendwie übel war und ich nichts hinunterbekam. Tony öffnete da bereits seine Aktentasche.

Das Saubermachen dauert eine Weile. Als wir Harris' Haus verlassen und die Tür leise hinter uns schließen, ist es nach Mitternacht. Es geht keine U-Bahn mehr, daher fahren wir mit dem Taxi nach Hause.

Ich finde, das System könnte verbessert werden.

Am Freitag ermordet Mona am Frühstückstisch einen Schmetterling. Es ist ein Admiral, was vor fünf Jahren noch nichts Seltenes gewesen wäre, aber in den letzten Sommern hat es in der Stadt immer weniger davon gegeben. Dieser saß im Sommerflieder neben dem Küchenfenster. Mona hat ihn mit dem Tötungsglas eingefangen. Er flattert darin herum, als wüsste er, was ihn erwartet, und knallt wie verrückt gegen das Glas.

Mit dem Porzellanfilter, den mir meine Mum zu Weihnachten geschenkt hat, brühe ich Kaffee auf. Echter anständiger Kaffee ist eine meiner wenigen Leidenschaften. Nur so kann man, jung und mittellos, wie ich bin, in London überleben: Man spart wie blöd, kauft billige Nudeln und kratziges Klopapier und sucht sich ein oder zwei Sachen aus, für die man sein Geld auf Teufel komm raus ausgibt, Sachen, die alles andere erträglich machen. Bei mir ist das Kaffee und hin und wieder eine Maniküre in dem vietnamesischen Nagelstudio in der Nähe. Da arbeitet eine Frau, die nicht erschrickt vor dem, was sie unter meinen Fingernägeln findet.

»Sieh mal«, sagt Mona. Sie winkt mich heran und lässt das Wattebällchen mit Nagellackentferner in das Glas fallen.

Wir beobachten alles.

Der Kaffee wird kalt.

Ich kann nicht erklären, warum es so guttut, einem Wesen beim Sterben zuzusehen, wohl wissend, dass man es auch verhindern könnte. Das versteht man, oder man versteht es nicht. Mona und mich verbindet das. Sie tötet Tiere nur für ihre Präparate, aber auch dafür braucht man eine besondere Konstitution. Es ist nicht nur die Freude, und es ist nicht nur die Macht. Man muss das trennen, sonst kann man nie gut werden.

Wie bei den Leichen. Man darf nicht nur das Fleisch sehen. Man muss wissen, wo man schneiden muss, um die Seele zu befreien.

Diese Gabe braucht man. Der Rest ist Handwerk.

Wir schweigen lange, während der Admiral zittert und dann steif wird. Im Sonnenlicht sind seine Flügel blutige Edelsteine, fast durchsichtig.

»Jetzt«, sagt Mona. Der Admiral erstarrt und ist still, anders still. »Genau jetzt.«

Unsere Gesichter sind dicht beieinander, über dem Tötungsglas.

Und plötzlich ist es genug.

»So«, sage ich. »Ich muss zur Arbeit.«

»Ich verstehe nicht, warum es nicht auf der Titelseite kommt«, sagt Tony, den Mund voller Blätterteig. Der Imbiss an der Ecke hatte keine Würstchen mehr, deshalb gibt es heute Curry-Teigtaschen zu Mittag.

»Das ist aber doch verständlich, Tony«, sage ich vorsichtig. »Du bringst ja nicht gerade interessante

Leute um. Oder scharfe Mädels. Das würde schon eher ziehen.«

»Scharfe Mädels machen bei dem Progamm nicht mit.« Tony ist heute Morgen zickig drauf. So ist er immer, wenn er zu viel Zucker gegessen hat.

»Erstens«, sage ich, »ist es von vornherein nicht so spannend, wenn man jemanden umbringt, der selbst sterben will. Zweitens bezweifle ich, dass du einen Schimmer davon hast, was heiße Mädels wollen.«

»Dann sag du's mir doch«, erwidert Tony. »Du hast einen Busen und die jugendliche Perspektive. Warum wollen heiße Mädels nicht sterben?«

»Weil nicht alle für dich arbeiten.«

Tony wirft mit dem Rest seiner Curry-Teigtasche nach mir, aber ich habe mich schon geduckt. Nicht nur er hat Reflexe wie eine Katze.

Die Leute beurteilen Serienmörder nach der Zahl der Opfer und der Brutalität der Morde, aber eine Schulklasse niederzumähen oder einen Zug in die Luft zu sprengen, ist kein Kunststück. Quantität hat natürlich an sich schon Qualität, aber es ist die Qualität des Grobschlächtigen.

Wenn es jemandem um die Zahl der Opfer geht, kann er, schätze ich, einen Massenmord in epischem Ausmaß am einfachsten als Regierungschef bewerkstelligen. Er unterschreibt einen Wisch, und schon hungern eine Million Menschen. Er streicht einem Frauenhaus die Mittel, und schon stehen Hunderte auf der Straße. Wie viele Leute kann man mit nur einer Entscheidung umbringen? Wie viele Jahre braucht es, bis die, die zurückbleiben, vor Sorge und mangelnder Fürsorge eingehen?

Einen umfassenden Mordbegriff: Ich finde, den könnten wir ganz gut gebrauchen.

Viele, die sich freiwillig für Tony zur Verfügung stellen, sind arbeitslos und depressiv. Leute, die schon so lange hören, sie seien nichts wert, dass sie es selbst glauben. Wenn Tony mit seiner Aktentasche bei ihnen eintrudelt, ist sein Job schon zur Hälfte erledigt. Ich finde, das ist Beschiss.

Es gibt verschiedene Möglichkeiten, einen ästhetisch hochwertigen Mord zu begehen. Eine ist die völlige Zerstörung des Opfers, seelisch wie körperlich. Jack the Ripper war der erste wahre Künstler auf diesem Gebiet, denn er streute Panik unter den Prostituierten von Ostlondon, schürte die Abscheu vor ihnen und reduzierte sie auf das Bild, das sich die Welt bereits von ihnen gemacht hatte: verängstigte Tiere, Variationen eines Typs, nur halb menschlich, unmenschlich. Und dann weidete er sie aus.

Tony wird nicht ungeschoren davonkommen. Soweit ich weiß, ist er allerdings nicht religiös, hängt sogar ziemlich viel in Atheisten-Foren herum und wirft, wie ich finde, wenig originell und ziemlich nervig mit Richard-Dawkins-Zitaten um sich. Er hat es einfach nicht raus, seine Chronik dauerhaft zu löschen.

Es ist bestimmt seltsam, eine Praktikantin zu haben. Eine, für die man verantwortlich ist und die man herumkommandieren kann. Die scharf ist auf den Job des Chefs und die wohl glaubt, sie könnte es besser als er, wenn sie die Chance bekäme.

Unwillkürlich fange ich an, Tony kritisch zu begutachten, stelle mir vor, wie er unter den Klamotten aussieht, sein Gewicht, sein Fleisch. Das sind keine schmutzigen Phantasien, sondern ich frage mich, ob ich ihn allein anheben könnte, wenn er bewusstlos wäre, oder ob ich eine Winde bräuchte. Siebzig Kilo, mehr oder weniger. Damit ist er nicht viel schwerer als ich, aber ich bin kleiner, und man muss die Hebelwirkung berücksichtigen.

Nichts als berufsbedingte Tagträume.

Tonys Schädelkonturen sind fein, unter dem schütter werdenden Haar sind Knochenknubbel zu sehen. Wenn man ein Auge dafür hat, erkennt man leicht, wo man Kraft ausüben muss, damit er nicht mehr hochkommt.

Tony bemerkt meine Blicke.

Er trägt mir auf, aus dem Lager ein paar Messer, etwas Schnur, Zigaretten und eine Dose Limo zu holen.

»Dumme Kuh«, sagt er, als ich zurückkomme. »Ich habe doch gesagt, zuckerfreie Limo.«

Er hat definitiv nicht zuckerfrei gesagt. Wenn Tony auf Diät ginge, wäre seine Wirbelsäule bald durch den Bauch zu sehen.

Er war auch noch nie so offen gemein zu mir.

Natürlich sagt niemand explizit, dass Frauen für diese Arbeit kein Talent haben. Die Leute reden darum herum, aber sie meinen es, zeichnen wortreich eine Linie um das Ungesagte, bis der Hohlraum deutlich konturiert ist: Frauen fehlt das Genie. Eine Frau, die doch Genie hat, kann keine Frau sein, keine echte jedenfalls, sie muss eine Missgeburt sein oder ein verstümmelter Mann. Mädchen spüren nicht diesen bohrenden Hunger. Mädchen haben keine Ahnung von den schmutzigen Gelüsten kleiner Jungs.

Der Direktor des Rasselet Arts Council für Englischen Mord sprach das bei der ersten Preisverleihung sogar aus und wurde dafür in der feministischen Twittersphäre mit einem Shitstorm überzogen. Mädchen, sagte er, hätten ihre Morde nicht seit dem achten Lebensjahr geplant. Man kann die Zeit nicht zurückdrehen und jungen Frauen stundenlang blutrünstige frauenfeindliche Pornos vorsetzen. Ihnen fehlt die Programmierung; es ist einfach zu spät. Sie entwickeln sich vielleicht noch zu mittelmäßigen Künstlern auf dem Gebiet, aber mehr ist nicht drin.

Ich gehe noch mal ins Lager und hole die Limo. Den Rest des Tages arbeiten wir schweigend.

Doch als Tony aufs Klo verschwindet, sehe ich mir die Dateien noch mal an.

Es ist erstaunlich, was manche Leute offen auf dem Desktop stehen lassen.

»Du weißt schon, warum die Amis besser sind als wir?«, fragt Tony, als wir in einer Nebenstraße auf unseren Sechs-Uhr-Termin warten. Louisa Kettering, 35, Angestellte beim Arts Council, die dritte in diesem Monat.

»Nein, weiß ich nicht, Tony«, sage ich. »Warum?« Es regnet, und ich halte die Tasche hoch, damit sie am Boden nicht nass wird.

»Amerikaner haben den stärkeren Unternehmergeist«, sagt Tony. »Müssen sie auch. Keine Sozialhilfe, kein Gesundheitssystem. Das ist ein Anreiz, härter zu arbeiten.«

Tony hat mal wieder Ayn Rand gelesen. Das wird wieder eine dieser speziellen Wochen. Obwohl, es könnte auch etwas dran sein. In Nordamerika gibt es zehnmal so viele Serienmörder wie in ganz Europa. Deshalb will das Council wohl auch, dass wir aufholen.

In diesem Moment kommt Louisa Kettering aus dem Haus. Sie geht über die Straße, um ihren Müll in die Recyclingtonnen zu werfen. Ihr dunkles Haar ist strähnig, und sie sieht gestresst aus – in ihren Büroklamotten und in Hausschuhen watschelt sie zu den

Containern. Mir fällt ihr Gang auf, ehe ich den Bauch sehe, und ich schnappe nach Luft.

Louisa Kettering ist mindestens im sechsten Monat schwanger.

Das stand nicht in der Bewerbung.

Es könnte noch interessant werden.

»Zählt das doppelt?«, fragt Tony, der es eigentlich wissen müsste. Für die Presse zählt es garantiert doppelt und dreifach. Der Fall schafft es mit Sicherheit auf die Titelseite des *Evening Standard*.

Wir bekommen so gut wie nie Bewerbungen von Schwangeren, weil das Leben ungeborener Kinder nicht in den Zuständigkeitsbereich des Arts Council fällt. Wir dürfen so viele Frauen umbringen, wie wir wollen, solange wir keine Fleischklümpchen beschädigen, die zu Steuerzahlern heranwachsen könnten. Es gibt Regeln. Louisa Kettering ist daher ein ungewöhnlicher Fall.

Ich sehe, dass Tony nachdenkt. Mit seinem Nachdenkgesicht erinnert er mich an eins von Monas vermurksten frühen Präparaten, das sie »Gibbon mit Verstopfung« taufte.

»Kriegen wir dafür Ärger?«, frage ich.

»Nein«, sagt Tony bedacht. »Nein, wir haben es ja schwarz auf weiß. So etwas muss der Arts Council klären – in diesem Fall müssen sie es sogar doppelt klären, weil sie ja bei ihnen angestellt ist.«

Wir beobachten, wie Louisa Kettering die Mülltüten mühsam um ihren Bauch herummanövriert. Ihr T-Shirt dehnt sich wie über einem riesigen Abszess, der gleich platzt. Grotesk. Ich weiß nicht, warum sich jemand so etwas antut.

»Der reine Egoismus«, sagt Tony. »Die will Vollzeitarbeit mit einem Kind unter einen Hut bringen. Wie viel zu viele andere Frauen auch. Was für ein Leben hätte das Kind gehabt?«

Er benutzt schon den Konjunktiv zwei. Er hat sich entschieden.

Ich soll den Lockvogel spielen. Ich gebe eine Studentin, die sich verlaufen hat und Louisa fragt, ob sie bei ihr telefonieren kann, weil das Smartphone keinen Saft mehr hat. Ich klingle, und während Louisa Kettering zur Tür watschelt, zwicke ich mich fest in die Hüfte und ins Gesicht, damit ich feuchte Augen bekomme.

»Natürlich«, sagt sie und blinzelt in die Dunkelheit hinaus. »Kommen Sie rein.«

Das ist alles, was wir brauchen, Vampire, die wir sind. Tony wartet drei Schritte hinter mir mit dem Klavierdraht.

Sie hat nicht damit gerechnet. Ich schätze, das ist eine Gnade.

»Hast du mal über Kinder nachgedacht?«, fragt Tony, während ich ein paar Finger absäge. Sozusagen als Trophäen.

»Nein«, sage ich. »Ich bin echt nicht der Typ.«

»Das sagst du jetzt«, erwidert Tony. »Wenn du erst dreißig bist, willst du nur noch ein Baby wie alle anderen auch. Aber als Vollzeitmörderin kannst du keine Babys in die Welt setzen. Dann bist du eine schlechte Mutter und eine noch schlechtere Mörderin, und dazu muss dein Chef auch noch für den Mutterschutz blechen.«

Warum zerbricht sich Tony ausgerechnet jetzt den Kopf darüber? Er interessiert sich sonst nie für mein Privatleben.

»Ich will damit nur sagen, dass du dir Gedanken über die Work-Life-Balance machen musst. Das ist wichtig. Ich habe erst neulich in der Zeitung darüber gelesen.«

»Danke, Tony«, sage ich. »Aber ich hänge mich in den Beruf.«

»Du solltest nur darüber nachdenken, das ist alles.«

Ich denke schon darüber nach. Ich denke den ganzen Heimweg im Bus darüber nach, Louisa Ketterings Blut noch unter den Fingernägeln. Hier stimmt was nicht.

Dienstagmorgen. Ich habe Geburtstag. Ich werde dreiundzwanzig.

Es ist ein leises Rascheln in der Luft, seltsam und elementar, an der Grenze zu einem echten Geräusch.

Ich stütze mich auf die Ellbogen.

Die Wände sind nicht mehr weiß.

Zuerst denke ich, es ist ein Stoff, der im Wind raschelt. Ich blinzle den Schlaf aus den Augen, und dann sehe ich sie.

Schmetterlinge. Hunderte Schmetterlinge.

Sie wurden sorgfältig an die Wand geheftet, noch lebendig, wehren sich schwach, ersticken im morgendlichen Sonnenlicht. Jede Schmetterlingsart, die ich kenne, und einige, die ich nicht kenne, in einem zappelnden Diorama. Kohlweißlinge, Kleine Füchse und Bläulinge. Die meisten aber sind Admirale, die roten Kleckse auf den Flügeln zucken wie Blutstropfen.

Da weiß ich es plötzlich.

Ich meine nicht, dass Mona mich liebt. Das weiß ich schon lange. Ich bin keine Idiotin.

Ich meine, ich weiß, was jetzt zu tun ist.

Ich war mir nicht sicher, ob ich schon so weit bin. Aber Mona teilt mir auf die bestmögliche Art mit, dass ich im Grunde schon länger so weit bin.

Ich betrachte die Tapete aus zitternden Flügeln, dünn wie Seide und im Licht der Morgendämmerung fast durchsichtig, und der nächste Schritt nimmt Gestalt an.

Ich lasse mich wieder aufs Kopfkissen sinken und schwelge im Luxus dieser winzigen Tode, dieser flüchtigen Insektenleben, die ringsum stotternd zum Stillstand kommen. Es ist das schönste Gefühl, das ich je hatte. Wie ein Orgasmus, der in lauter Rasierklingensplitter zerspringt.

Dann ziehe ich mich an und gehe los. Ich muss noch ein paar spezielle Sachen besorgen.

Tony scheint nicht überrascht zu sein, als ich vor seiner Tür stehe. Er nimmt zur Kenntnis, dass ich einen Einwegoverall und Atemschutz trage, versucht aber nicht mal wegzulaufen. Es gibt sowieso keine Hintertür, und er weiß, dass ich das weiß.

Ich hebe den Elektroschocker. »Es ist nichts Persönliches, Tony«, sage ich, obwohl es das definitiv ist. Ich finde, ein bisschen Großzügigkeit ist jetzt schon angebracht.

Ich dränge ihn rückwärts durch den Flur ins Büro. Es ist, als tanzten wir, ich führe, er folgt.

»Ich habe die Akten über Harris gefunden«, sage ich. »Und den Brief vom Council. Weißt du, Tony, du enttäuschst mich.«

Als ich Mona alles erzählte, war sie ganz meiner Meinung. Natürlich, der Arts Council muss Kosten senken, jede Behörde muss das. Aber nicht, indem man Rentner und schwangere Mitarbeiterinnen an drittklassige Killer abschiebt. Das ist schäbig.

Schließlich sind wir Künstler. Unsere Arbeit ist kreativ, respektvoll. Wir beteiligen uns nicht an der Ausdünnung überschüssiger Bestände.

Wir haben unsere Ansprüche.

Ich hebe den Elektroschocker und hole mit der anderen Hand das Ausweidemesser aus der Tasche.

Tony hat sich von der Sofalehne eine offene Limonadendose geschnappt und nippt daran. Ich bin überrascht, dass seine Hände zittern, dass er am ganzen Körper zittert, wie ein wackliges Bild auf einer kaputten Leinwand.

»Dann bist du jetzt also so weit«, sagt er und sieht über meine Schulter. Er hat keine Waffe.

»Wie weit?«

»Ich habe dich doch die ganze Zeit auf diesen Moment vorbereitet«, sagt er und setzt die Dose ab. »Auf diesen Moment. Den Moment, in dem du zu mir kommst, um mich umzubringen und meinen Platz einzunehmen.«

Da raste ich fast aus. »Nein, hast du nicht, Tony«, sage ich. »Ganz bestimmt nicht, Tony. Das ist ein saudummes Klischee, und ich habe diesen Scheiß wirklich satt.« Und ich betäube ihn mit dem Elektroschocker.

Ich hatte vorgehabt, ihn auf den Knien eine kleine Rede halten zu lassen oder so, aber am Ende hole ich einfach nur das Stück Stoff raus und stopfe es ihm ohne weiteren Kommentar zwischen die Zähne. Chloroform, schön altmodisch. Kann man über einen fremden Proxy-Server leicht online kaufen. Mona hat mir erklärt, man könne es sogar im Badezimmer selber machen, allerdings natürlich nicht in unserem Bad, weil wir das zum Duschen brauchen.

Mona kommt von hinten. Sie schlurft ein bisschen, weil ihr der Overall an den Beinen zu lang ist. Sie mag es eigentlich ein bisschen klinischer, aber ich brauche ihre Hilfe. Wir heben Tony auf die Trage. Dann macht sich Mona an die Arbeit.

Wir sind ein gutes Team.

Das Ergebnis ist erstaunlich naturgetreu. Mona hat echt Talent. Und ich kenne jetzt auch unser Alleinstellungsmerkmal.

Es geht mir fast ein bisschen an die Nieren, als ich die Schweinerei beseitige.

Daran muss ich noch arbeiten.

Kleine Gnaden

Alle Gebete werden entgegengenommen, aber nicht jedes wird erhört.

Manchmal müssen wir auch erst den Manager fragen.

»Wirklich«, beteuert der Anrufer. »Ich spende seit Jahren. Gehe jeden Sonntag in die Kirche. Er wollte das so. Er wollte, dass wir kirchlich heiraten. Das ist jetzt legal. Ehrlich, ich habe einen besseren Service erwartet. Das Mindeste, was Sie jetzt tun können, ist doch, dass Sie ihn überreden, wieder nach Hause zu kommen.« Die Stimme des Kunden zittert vor Frust. »Amen«, fügt er hinzu.

»Ich verstehe Ihre Enttäuschung«, sage ich. »Ich verstehe Sie wirklich, und ich weiß Ihre Geduld zu schätzen, Mr Rimington-Blowman.« Mir gegenüber bricht Grem, mit dem ich mir die Büronische teile, in lautloses Gelächter aus. Gremory ist ein Dämon und darf deshalb über die Unglücklichen lachen, auch über die unglücklich Benamten.

Ich versuche, Mr Rimington-Blowman behutsam beizubringen, dass das Gebet kein Verkaufsautomat ist, in den man eine bestimmte Menge Andacht einwirft, damit ein Wunder unten rausfällt.

»Kann ich…« Der Kunde zögert. »Kann ich mit Ihrem Vorgesetzten sprechen?«

»Selbstverständlich, Sir«, sage ich mit meiner freundlichsten Callcenter-Stimme. »Bitte haben Sie einen Augenblick Geduld.«

Ich drücke die Stummtaste, sehe zu Gremory hinüber und verdrehe die Augen.

»Lass mich raten«, sagt Grem. »Mr Blowjob will den Manager sprechen.«

Ich nicke. Natürlich will er den Manager sprechen. Alle wollen das. Aber hier kann man nicht mit dem Manager sprechen.

Der Manager ist nicht da.

Ich nehme Mr Rimington-Blowman aus der Warteschleife und setze eine andere Stimme auf, eine Männerstimme. Tief und beruhigend, USA, Mittlerer Westen, Respekt einflößend.

»Was kann ich für Sie tun, Sir?«, frage ich. Den Kunden besänftigt diese Stimme auf Anhieb. Ich lasse ihn reden. Ich halte mich an das Protokoll und versorge ihn großzügig mit unspezifischer Erlösung, ohne ihm etwas Konkretes zu versprechen.

Menschen sind verwirrt. Und da komme ich ins Spiel.

Unser Teamleiter hat uns neulich anhand einer Präsentation erklärt, dass die Menschen vor allem ihre Wünsche und ihre Bedürfnisse durceinanderbringen. Dauernd betteln sie auf Knien um Dinge, die sie wollen, statt um Dinge, die sie brauchen. Es ist sehr wichtig, sie von ihren Wünschen abzulenken und ihnen ihre Bedürfnisse nahezubringen. Nicht dass wir sie befriedigen könnten, erklärte uns der Teamleiter, das wäre nun wirklich zu einfach.

Wünsche und Bedürfnisse. Ich könnte heulen, dass

ich von allen Demütigungen des Fleisches ausgerechnet diese ertragen muss.

Ich weiß genau, was ich will.

Das ist *mein* Problem.

Wo wir hier sind?

Irgendwo da oben. Irgendwo zwischen Gedanken und Erinnerungen. Du könntest im Flugzeug durch das Fenster einen kurzen Blick darauf erhaschen, wenn die Dämmerung auf den grenzenlosen Wolkendecken brennt und in der Kabine alle Lichter erlöschen. Vielleicht redest du dir ein, dass es eine optische Täuschung war.

Wandeln Engel auf Wolken?

Nicht, wenn wir es verhindern können. Wolken sind feucht, und es wimmelt da oben von Wetterballons.

Aber kannst du durch den Nebel spähen, der durch die unteren Himmelsschichten wabert? Hast du in den ausgeflockten Kumulonimbuswolken einen Blick auf die endlosen Betonburgen des Humankapitals erhascht, an dem todeslosen Ort, in dem Tempel der Produktionsziele und Kundenzufriedenheitserhebungen, wo sie ihm Tag und Nacht dienen?

Engel arbeiten. Natürlich arbeiten wir. Wir haben Null-Stunden-Verträge. Immerhin ist Zeit eine menschliche Erfindung.

Fünfunddreißig Minuten bekommen wir für das Mittagessen; Klogänge und Rauchpausen werden uns hinterher abgezogen. Der Hass auf den Chef ist auch so eine menschliche Erfindung.

An dem Tag, an dem sich alles ändert, esse ich im Pausenraum mit Gremory zu Mittag. In meines Vaters

Hause sind viele Wohnungen, aber nur eine hat eine funktionierende Kaffeemaschine.

Gremory trägt das Haar lang und zottelig. Das ist gegen die Vorschriften, aber er kommt auf die höchste Kundenzufriedenheit in unserer Abteilung. Er hat die Gabe, zu allen Anrufern nett zu sein, ohne sich von den Beschwernissen ihrer alltäglichen Traumata herunterziehen zu lassen. Dämonen können das.

Grem winkt mir hinter seiner aufgeschlagenen Musikzeitschrift zu. Man sagt uns, es sei wichtig, dass wir authentisch sind. Grem hat damit keine große Mühe. Er sitzt da, die Füße auf einem Drehstuhl, liest in seinem *Kerrang* und isst ein Schinken-Sandwich.

»Du darfst dich nicht verrückt machen lassen«, sagt er, als er meinen Gesichtsausdruck sieht. »Ich lass das gar nicht an mich ran.« Das stimmt. Alle Dämonen, die ich kenne, sind absolut gechillt. Unsere beiden Sphären wurden vor zweitausend Jahren zusammengeschlossen, und die Fusion hat die Moral enorm verbessert.

»Es ist einfach schrecklich, wenn ich nichts für sie tun kann«, sage ich und genehmige mir einen Kaffee aus der Maschine. »Ganz besonders für die mit gebrochenem Herzen. Du darfst dich nicht über sie lustig machen. Es ist ja nicht ihre Schuld.«

»Das menschliche Herz«, sagt Gremory, »ist zerbrechlich, aber langlebig. Ich muss es wissen, ich habe schon tausende gegessen. Lass dich niemals auf eins ein, das noch schlägt. Davon rate ich dir ab.«

»Du bist ja nur eifersüchtig, weil dich als Dämon keiner ficken will.«

Gremory schiebt sich ein halbes Sandwich in seinen zweiten Mund. »Das ist ein fieses Klischee. Ich komm schon nicht zu kurz. Ich mag's nur nicht so dramatisch.«

»Die mit Liebeskummer kann ich allerdings nicht ausstehen. Die sind so was von jämmerlich. Dauernd bringen sie sich um oder murksen sich gegenseitig ab. Meine jedenfalls.«

»Dein Problem ist, dass du immer alles mit denen besprechen willst«, sagt Grem. »Ich sage einfach, sie sollen einen Spaziergang in der Sonne machen. Die erinnern sich später sowieso nicht an das Telefonat.«

Das stimmt nicht ganz. Sie erinnern sich an Bruchstücke, wie an den trocknenden Bodensatz eines Traums, an den man mit der Zunge nicht herankommt. Sie spüren etwas Tiefgreifendes, sei es Erlösung oder Enttäuschung, das am Rande des Sichtfeldes entschwindet. Bei uns floriert das Geschäft mit Wiederholungen.

»Ich stelle fest, dass du projizierst, meine Freundin«, sagt Grem. »Ich stelle fest, dass du dich langweilst und in Stress gerätst, weil du schon seit Jahren mal wieder eine deiner dramatastischen Liebesaffären brauchtest. Du musst lernen, dich zu entspannen.«

Grem wischt sich die Hände am aus der Hose gerutschten Hemd ab.

»Wenn du unbedingt eine Romanze mit einem Todgeweihten brauchst«, sagt er, »dann geh und fick einen Panda.«

Ich werfe mit dem leeren Becher nach ihm.

Wir sind angehalten, uns nicht in Menschen zu verlieben, weil Menschen immer sterben. Für mich gehört das zum Reiz. Das ist das Schöne und das Tragische an Menschen: Sie verrotten, verwelken und verfallen unter unseren Händen, und man klammert sich mit Küssen an sie, um den Lauf der Zeit aufzuhalten, aber es gelingt nicht. Die Panik in ihren Augen, wenn sie merken, dass, ja, dass es auch ihnen widerfährt.

Wie sie im Moment des Orgasmus die Luft anhalten.

Ich kann nicht genug davon bekommen.

Manche von uns geben sich damit zufrieden, die Staubkörnchen im Sonnenlicht zu zählen oder das kleine Leben der Leuchttierchen auf dem Grund der Tiefseegräben zu registrieren, die leben und sterben und zum Meeresboden absinken und nichts als Dunkelheit kennen.

Ich nicht.

Mit meiner Liebe zu den Menschen habe ich mir eine Degradierung eingehandelt.

Vor langer Zeit, noch vor dem derzeitigen System, als es noch viel weniger Menschen auf der Welt gab, gehörte es zu unseren Aufgaben, unter Männern, Frauen und all den anderen menschlichen Wesen zu wandeln und ihnen beizubringen, was sie wissen mussten: Schreiben und Rechnen und die Grundlagen der Nahrungsmittelhygiene. Damals durften wir ihnen echte Ratschläge erteilen, und wir haben ihnen viel beigebracht. Aber sie haben uns auch etwas beigebracht.

Sie haben uns beigebracht, was es bedeutet, den Tod zu fürchten und Hoffnung zu hegen. Sie haben uns Genuss beigebracht. Und Leidenschaft. Und Liebe. Liebe mehr als alles andere. Ich fühle mich seit je zu denen hingezogen, die vor Liebe brennen, die ihr winziges Leben in zitternde Hände nehmen und alle Säfte auswringen, ehe es zu spät ist.

Ich liebe den Sex mit Männern.

Ich liebe auch die Liebe zu ihnen, obwohl, wenn ich ehrlich bin, Sex ein wichtiger Teil davon ist. Nichts ist einfach nur Sex.

Ich liebte einmal einen Wissenschaftler, in Babylon, in dem Land zwischen den beiden Strömen. Sein Bart war dünn, seine Augen waren schwarz und von langen, langen Wimpern eingerahmt, und es war das achte Jahrhundert, nachdem sie den Nazarener umgebracht hatten, und er fand mich auf dem Markt in einem schmuckvollen Gefäß, in dem mich eine Hexe, deren Sohn ich einst verführt hatte, ein Jahrzehnt lang gefangen gehalten hatte.

Er nahm mich mit nach Hause und zerbrach das Glas, und ich erblühte, mit weiblichen Formen und großen Brüsten, und er schrieb sofort alles auf. Ihn quälte der Antrieb, die Welt zu verstehen. Eine verhängnisvolle Eigenschaft der Menschen. Seine Unwissenheit erfüllte ihn mit Wut, und je mehr er sich an Wissen erkämpfte durch Kunst, Philosophie und Mathematik – damals Bestandteile ein und derselben Disziplin –, desto mehr Unerforschtes entdeckte er und desto mehr verzehrte ihn dieses Nichtwissen.

Ich liebte ihn dafür, und das nahm er mir übel. Er ließ es mich sogar im Bett spüren. Er fuhr mit den Fingerspitzen meine Konturen nach, als wäre ich eine Zeichnung auf einem Pergament, und forschte nach den Geheimnissen meines Wesens. Es schmerzte ihn, mich zu lieben, denn ich war eine Tür zur ewigen Weisheit, die er nicht aufschließen konnte. Ich kannte die Namen aller Sterne, wollte sie aber nicht preisgeben. Ich konnte es nicht. Es hätte ihn in den Wahnsinn getrieben, und am Ende wäre er mit den Bettlern und den verrückten Wahrsagern durch die Straßen gezogen.

Es gebe schlimmere Orte, an denen man enden könne, sagte er.

Er wollte unbedingt die Namen der Sterne erfahren – die echten Namen, die sie nur einander verraten –, wollte wissen, wie sie geboren wurden und wo sich dieser oder jener Rote Riese genau befand. Ich sagte, ich sei einmal auf einem Stern gewandelt, und es sei nichts Besonderes gewesen. Danach versagte er mir wochenlang den Sex.

In Federn allerdings mochte er mich. Eines Morgens merkte ich, dass er alle Flaumfedern der linken Seite herausgerissen hatte. Er hatte sie in Säure aufgelöst, um zu bestimmen, woraus ich bestand. Da nahm ich ihn mit auf einen Stern. Es gefiel ihm nicht so gut wie erhofft.

Nach dem Mittagessen nehme ich Anrufe vom Golf von Mexiko entgegen, wo die schlimmsten Sommergewitter seit einer Generation wüten, genau wie im letzten Jahr. Und im vorletzten.

Die Telefonleitungen laufen heiß. *Bitte beschütze mein Zuhause. Bitte rette meine Kinder vor dem Wasser. Herr, lass uns rechtzeitig entkommen. In deinem Namen, Amen.*

Ich hasse es, Nein zu sagen.

Diejenigen von uns, die draußen in der Welt arbeiten, behaupten, der Telefondienst sei ein einfacher Job. Denen sage ich, überleg dir erst mal, wie du den Menschen auf fünfzig verschiedene Arten mitteilen willst, dass all die Gebete ihr Zuhause, ihre Firma, ihre Kinder nicht werden retten können. Versuch mal, die Leute davon abzuhalten, aus dem Langzeitvertrag auszusteigen.

Ich mag es nicht, wenn sie mich anschreien, aber

ich kann es verstehen. Dafür sind wir im Grunde da, uns anschreien zu lassen. Wir sind dazu da, die ganze Wut und den ganzen Frust entgegenzunehmen und in beherrschbare Stücke zu zerkleinern. Zornige Menschen kochen über vor Leben, sie wüten und toben. Ich finde sie faszinierend.

Wen ich wirklich fürchte, das sind die Stillen. Die kaum etwas sagen. Manchmal weinen sie sehr, sehr leise, in der Hoffnung, dass man es nicht hört, und das macht es nur noch schlimmer.

Irgendwann kommen sie alle zu uns durch. Deshalb ist es wichtig, dass wir den Leuten nicht sagen, mit wem sie es genau zu tun haben. Ein Katholik, den die dringende Frage umtreibt, ob es sich schickt, den geweihten Wein aus dem guten weißen Teppich zu schrubben, reagiert ziemlich angefressen, wenn wir versehentlich aus dem Koran zitieren, und schon haben wir einen Stammkunden verloren.

Mit jedem der Flutopfer spreche ich mit Engelszungen durchschnittlich zehn Minuten und dreiundzwanzig Sekunden. Dann führe ich einen netten Plausch mit einer Nonne in Bolivien, die eigentlich nur von Jesus erfahren will, wohin sie die Brille verlegt hat. Ich sage ihr, dass sie neben dem Waschbecken liegt. Bei denen, die den lebenslangen Vertrag unterschrieben haben, sind kleine Wunder erlaubt. Die glaubt ihnen sowieso niemand.

Dann ruft ein jugendlicher Satanist aus einem Krankenhaus in Dallas an, dem der Magen ausgepumpt wurde und der Luzifer und seine Gefolgsleute anruft, seine Feinde zu töten und ihm Morphin in medizinischer Qualität zu besorgen, damit er besser durch die Nacht kommt.

Den stelle ich zu Gremory durch. Er ist in seinem Element.

»Hallo«, höre ich ihn sagen. »Mein Name ist Legion. Wie kann ich helfen?«

Am Ende überzeugt er den Knaben davon, dass er gar nicht Satan anrufen muss, sondern seine Mutter.

Anschließend essen wir etwas zu Abend. Grem vertilgt drei Hotdogs und liest mir die neuesten Marihuana-Nachrichten aus der *High Times* vor.

Grem ist glücklich, weil Donnerstagnachmittag immer Heavy Metal über die Lautsprecher läuft statt der üblichen Flughafenmusik. Heavy Metal wirkt offenbar beruhigend und leistungssteigernd. Ich trinke noch einen Kaffee.

»Bist du da, Gott?«

Die nächste Anruferin ist höchstens sechs oder sieben Jahre alt. Ehe ich das Gespräch annehme, lasse ich über der gedämpften Wartemusik die automatische Standardansage durchlaufen:

Ihr Gebet wird vom nächsten freien Mitarbeiter entgegengenommen. Bitte beachten Sie, dass wir telefonisch keine Anfragen nach Wundern bearbeiten können. Ihre Gebete können für Schulungszwecke und zur Qualitätssicherung aufgezeichnet werden.

»Sie sprechen mit einem Mitglied der Himmlischen Heerscharen. Wie kann ich Ihnen heute helfen?«

»Bist du das, Jesus?« Die Stimme eines kleinen Mädchens. Ich sehe nach dem Ort: Kapstadt. Dort ist es früh am Morgen.

»Nein«, sage ich. »Aber ich … ich bin mit Jesus befreundet.« Gegenüber Kindern ist das eine lässliche Lüge. Den Nazarener hat seit zweitausend Jahren keiner mehr gesehen.

»Ich bin auch mit Jesus befreundet!«, sagt das kleine Mädchen. »Kann ich mit ihm sprechen?«

»Jetzt gerade nicht«, sage ich, »aber ich kann eine Nachricht für ihn entgegennehmen; er wird sie sich definitiv anhören.«

»Oh. Na gut. Ich habe eine Frage wegen meinem Kater. Er heißt Lemon. Ich heiße Carla. Ich möchte Jesus fragen, ob er sich bitte um Oma und Lemon kümmern kann und aufpasst, dass sie nicht sterben.«

Warum ist es mit Kindern immer so schwierig? Erwachsene wissen, dass man eine solche Bitte nicht geradeheraus äußert.

»Und ich hätte gern, dass Jesus Mr George umbringt.«

»Du kannst uns aber doch nicht auffordern, jemanden umzubringen, Carla«, sage ich. »Das ist nicht sehr nett. Wer ist denn Mr George?«

»Er ist Mamis Freund«, sagt Carla. »Manchmal tut er mir weh. Ich wollte beten, dass er weggeht, aber dann geht Mami vielleicht auch weg. Also wäre es wirklich besser, wenn er einfach sterben würde.«

An ihrer Logik ist nichts auszusetzen.

An Missetätern dürfen wir keine Vergeltung üben, nicht einmal moderate. Wir dürfen auch nicht beim Sozialamt anrufen. Die Menschen sollen ihre Probleme selbst lösen, sogar sechsjährige Mädchen. Wir sollen ihnen einfach nur zuhören. Mehr nicht.

Manchmal hasse ich meinen Job.

»Es tut mir leid, aber ich kann Mr George nicht umbringen«, erkläre ich Carla. »Das ist nicht erlaubt.« Carla fängt an zu weinen, sehr leise, als hätte sie Angst, dass jemand sie hören könnte.

»Ich verstehe, dass du jetzt enttäuscht bist«, sage ich und blättere im Online-Handbuch. »Ich sehe gerade nach, welche Möglichkeiten du hast. Bleib bitte dran.«

Ich drücke den Stummschalter und lege ein Weilchen den Kopf auf den Tisch. Dann schalte ich Carla wieder zu.

»Also, Carla«, sage ich. »Ich habe mal nachgesehen. Leider können wir Mr George heute nicht für dich umbringen. Eins kann ich aber für dich tun: Ich kann dafür sorgen, dass die schlechten Gefühle eine Weile weggehen. Dass sie tief in dir verschwinden, wo sie dich nicht weiter quälen, bis du erwachsen bist. Wie findest du das?«

Das Schnauben einer kleinen Nase, die geputzt wird. »Okay.«

Ich gebe ein paar Zahlen ein. Schließlich hört Carla auf zu schniefen. Ich beende den Anruf nach dreiundzwanzig Minuten. Auf der anderen Schreibtischseite nickt mir Gremory zu, der zu *The Number of the Beast* rockt.

Kurz vor Schichtende ruft mich der Supervisor zu sich.

Offenbar habe ich meine Quoten nicht erfüllt. Ich rede zu lang mit den Kunden.

»Manche haben eine Menge Probleme«, sage ich und inspiziere den Teppich.

»Sie haben alle eine Menge Probleme«, sagt Uriel, der ein großes Tier war, damals, als sich jeder Engel mit mehr als sechs Flügeln Himmelsfürst nennen durfte. Heute, da es viel mehr Menschen gibt und wir mit der Zeit gehen und alles automatisieren müssen, trägt Uriel einen Anzug.

»Wir sind nicht dazu da, ihre Probleme zu lösen«, sagt Uriel. »Wir sind dazu da, in möglichst kurzer Zeit größtmögliche spirituelle Zufriedenheit herzustellen.

Dafür haben wir unser Sieben-Minuten-Ziel. Eine Zielvorgabe, die du nicht einhältst.«

»Aber manchmal dauert es einfach länger als sieben Minuten«, sage ich. »Manche brauchen wirklich dringend jemanden zum Reden. Ich höre ihnen zu. Bis sie fertig sind. Das scheint ihnen zu helfen.«

»Ja, uns fällt auf, dass auf deiner Leitung ziemlich viel geschwiegen wird.« Uriels Stimme ist wie Milch, die über glatten Marmor fließt.

»Wie viele meiner Anrufe hast du denn mitgehört?«

»Werd nur nicht schnippisch. Ich habe in der Datenbank nachgesehen. Qualität und Inhalt der Ruflast lassen sich leicht überwachen. Das ist eine Standardprozedur. Es ist unglaublich, dass ich dir das schon wieder sagen muss. Du bist kein Sonderfall.

Wir sind unterbesetzt«, sagt Uriel. »Ich will dich nicht in die Instandhaltung versetzen, jetzt, wo das Anrufvolumen täglich wächst, aber wenn es sein muss, tue ich das.«

Das Gespräch ist beendet. Meine Hände zittern, als ich zu meinem Tisch zurückkehre. Das liegt wahrscheinlich am Kaffee.

Warum tun wir das? Warum gehen wir immer wieder ran? Weil Religion eine notwendige Droge ist. Sie nimmt den Menschen eine Zeit lang den Schmerz. Eine kleine Kerzenflamme gegen die Dunkelheit, die sie in ihrem Brustkorb hüten. Doch hin und wieder lodert sie lichterloh und frisst sie von innen auf.

Nur die Liebe kommt dem nah. Nur die Liebe.

Ich liebte einmal eine verrückte Nonne in Kastilien. Er war in das Kloster eingetreten, wie er zur Welt gekommen war, mit dem Körper einer Frau, bis er sich in die Wand des Klosters einmauern ließ und seine weiblichen Anteile insgeheim weghungerte. Die Nonnen erfuhren nie davon. Nur ich sah ihn, wie er wirklich war, als ganzen Mann.

Er verließ die Zelle nie. Er war dort, um in Einsamkeit zu brennen. Die Nonnen hatten dafür ein System entwickelt. Sie ließen im Fuß der Mauer eine kleine Öffnung, durch die sie Wasser, Tinte und trockenes Schwarzbrot schieben konnten; das verfütterte mein Liebster an die Vögel.

Er fastete und betete auf den Knien, bis ihm die Backsteine durch die Knochen stachen. Er rasierte sich den Kopf und überzog die Wände mit Gedichten.

Ich war immer dabei.

Als ich in seiner Zelle auftauchte, schien er gar nicht überrascht zu sein, mich zu sehen. Ich kam zunächst in Gestalt einer Frau, bemerkte aber rasch meinen Irrtum und zog die Haut eines Mannes an, braungebrannt von der Sonne, die mein Liebster seit Jahren nicht gesehen hatte. Ich hielt seinen vogelartigen Kopf in meinen Händen, spürte den Konturen seines Schädels nach. Sein Mund öffnete sich, und ich fütterte ihn mit Krümeln der Leidenschaft.

Er zeichnete mich Hunderte von Malen. Er nannte mich den Körper Christi, wollte aber keinen Sex von mir. Stattdessen drang ich mit den Fingern in ihn ein, tief in seine Möse, und lockte, lockte, als könnte ich ihn dazu überreden, mit mir durch die Wand zu gehen, hinaus in die Welt des Lichts.

Ich dachte, ich könnte ihn mit meiner Liebe am Leben halten.

Sein Fleisch verwelkte und hing ihm an den Knochen, und schließlich gaben auch sie nach, und er schwand dahin, bis nur noch sein Herz übrig blieb und am Zellenboden wild pochte, und eine Stimme, in Inbrunst erhoben. So sehr lechzte er nach dieser heiligen Passion, dass sie ihn auffraß.

Wünsche kontra Bedürfnisse.

Ich verließ die Zelle durch die Wand und trauerte ein Jahrhundert lang. Dann ging ich wieder arbeiten.

Als ich in unsere Büronische zurückkomme, dreht sich Gremory auf seinem Schreibtischsessel zu *Sabbath Bloody Sabbath*. Er begrüßt mich mit erhobenen Daumen.

Noch zehn Minuten bis zum Schichtende. Um diese Zeit hofft man – na ja, man hofft einfach, dass niemand mehr anruft, dessen Problem man tatsächlich lösen könnte. Natürlich blinkt meine Leitung.

»Hallo, Sie sprechen mit den Himmlischen Heerscharen. Wie kann ich Ihnen helfen?«

»Ich suche den Himmel.«

Am Ende eines Arbeitstages weiß ich eine direkte Frage zu schätzen. Im Handbuch steht unter dem Stichwort »zweckmäßige Märchen« sogar eine Antwort.

»Wunderbar«, sage ich. »Da sind Sie an der richtigen Stelle. Der Weg in den Himmel ist steinig, aber er beginnt in jedem von uns. Darf ich Ihren Namen notieren?«

»Benjamin – Entschuldigung, ist das auch die richtige Nummer?«

Die Stimme des Kunden ist jung, männlich, getränkt mit Alkohol und versetzt mit einem Schuss Selbstverachtung.

»Sie sagten doch, Sie wollten in den Himmel, Sir?«

»Ja, stimmt. Ich suche jetzt schon seit einer Stunde.«

»Es ist wunderbar, dass Sie sich darum bemühen, Sir. Nur dauert es leider meistens länger als eine Stunde, den Weg in den Himmel zu finden. Viele Menschen suchen ihr ganzes Leben und länger.«

»Bei Google Maps steht aber, er ist in einer Nebenstraße der Charing Cross Road.«

»Ich versichere Ihnen, Sir«, sage ich, »dass man von der Charing Cross Road nicht in den Himmel kommt. Darf ich Sie fragen, wie Sie überhaupt zu Gott gefunden haben?«

»Ich bin nicht religiös. Ich suche nach dem Himmel. Ich habe da in zwanzig Minuten einen Soundcheck. Entschuldigen Sie, ich glaube, ich habe mich wirklich verwählt. Tut mir leid, ich will Ihnen nicht die Zeit stehlen.«

»Nein, warten Sie.« Mir ist ein Gedanke gekommen. »Bleiben Sie bitte dran.«

Ich drücke den Stummknopf und flüstere Gremory über den Tisch zu: »Gibt es in London eine Bar oder einen Club namens Himmel?«

Grem nickt. »Ach, das Heaven mal wieder. Ich habe die Adresse notiert.«

Er schiebt mir einen gelben Zettel über den Tisch. Ich hole mir den Anrufer wieder in die Leitung.

»Danke, dass Sie gewartet haben. Sie biegen ab in die Villiers Street und gehen in Richtung Fluss. Das Heaven ist rechts unter dem Gewölbe.«

»Toll, danke.«

»Kann ich sonst irgendwie dienlich sein?«

Betretenes Schweigen.

»Äh«, sagt Benjamin, »ich habe Probleme mit dem Song, den ich gerade schreibe. Es geht um Liebe. Liebe und Tod. Liebe und Tod und Wut.«

Ich richte mich kerzengerade auf.

»Möchten Sie gern darüber reden, Sir?«, frage ich. »Wir könnten uns ein Weilchen unterhalten.«

»Es ist nur, dass ich dauernd Angst habe.« Seine Stimme bebt. »Ich habe Angst vor den Songs. Ich habe Angst vor den Songs, die ich schreiben könnte, und Angst, dass ich sie nicht schreiben könnte. Das ist einfach bescheuert.«

Ein dumpfer Schlag. Er hat den Kopf gegen die Wand gehauen.

»Tun Sie das nicht«, sage ich. »Bitte tun Sie das nicht. Ich kann helfen.«

»Wer sind Sie?«, fragt Benjamin.

Ich kann sein Herz hören, wie das Flattern eines gebrochenen Flügels.

Ich hatte schon so viele Namen.

»Ich höre«, sage ich. »Ich höre Ihnen zu.«

Wir sollen an Werktagen nicht weltwandeln. Deshalb sitzen Gremory und ich auf dem Centre Point, einem schmutzig weißen Monstrum aus den 1960er Jahren, das wie eine Gottesanbeterin über der U-Bahn-Station Tottenham Court Road hockt.

»Die beste Aussicht von London«, sagt Gremory. »Vor allem, weil es der einzige Ort ist, an dem man den Centre Point nicht sieht. Magst du mal?«

Er zieht an seinem Joint und atmet dicken Rauch aus, der den von der Straße aufsteigenden Autoabgasen eine süßliche Note verleiht.

»Nein, danke«, sage ich.

»Mal ehrlich«, sagt er. »Ich will dich nicht unter Druck setzen, aber ich glaube echt, es würde dir guttun, wenn du das Zeug hin und wieder rauchen würdest. Das würde dich ein bisschen chillen.«

»Wirklich, Kaffee genügt mir völlig.«

Ich liebe Kaffee. Am liebsten mag ich ihn, wie er gerade in Mode ist, im Kaffeebecher in Busenform, mit Herz auf dem Milchschaum.

So was liebe ich.

»Siehst du, genau das meine ich«, sagt Gremory. Er nimmt einen tiefen Zug und schließt die Augen. »Wenn die mal nicht mehr da sind, fehlen mir, glaube ich, ein Bier und ein Joint in einer anständigen Bar am allermeisten.«

Gremory hat einst eine sumerische Stadt vollständig in Schutt und Asche gelegt, die Flüsse mit Blut gefüllt. Mittlerweile ist er etwas zur Ruhe gekommen, und ich glaube, er ist so glücklicher. Ich beneide ihn.

Das letzte Licht der Sonne taucht seine ausgelutschte Brause in den zuckersüßen Himmel über der Oxford Street. Wir sehen zu, wie sie untergeht.

»Mastodon spielen heute Abend in Brixton«, sagt Gremory nach einer Weile. »Kommst du mit?«

»Nö, danke«, sage ich. »Ich glaube, ich gehe wieder nach oben.«

»Siehst du, das sagst du jetzt, meine Freundin«, sagt Grem, drückt seinen Joint aus und versenkt die Kippe in der Tasche seiner Jeansjacke. »Aber du weißt genauso gut wie ich, dass du wartest, bis ich weg bin, dich mit Speed zuknallst und dann ein langhaariges kaputtes Ding aufreißt, das dich bis zur Bewusstlosigkeit fickt.«

Ich sage nichts. Wir haben alle unsere Dämonen. Meiner kennt mich einfach ein bisschen zu gut.

»Hey«, fügt er hinzu, »ich sag ja nichts. Jedem sein eigenes Gift. Bis morgen. Bleib cool.«

Er verabschiedet sich mit dem Satansgruß, springt vom Dach, verwandelt sich im Fallen in eine Taube und fliegt in Richtung Brixton davon.

Als er weg ist, gehe ich direkt zum Heaven.

Irgendwann Mitte des achtzehnten Jahrhunderts fasste ich den Entschluss, die tragischen Dichter und die todgeweihten Revolutionäre aufzugeben und mich, da völlige Enthaltsamkeit nicht in Frage kam, zumindest mit einem relativ normalen Menschen zu begnügen.

So heiratete ich einen Landpfarrer.

Er war überrascht, als ich mit leuchtenden Augen und nackt wie an dem Tag, an dem ich nie geboren wurde, in seinem Arbeitszimmer erschien.

Ich dachte, wir hätten zumindest ein paar gemeinsame Interessen. Aber er war ein frommer Mann, einer, der den Altar nicht ansah, wenn er seine Predigten sprach, und dem Blick eines unwillkommenen Hausgastes auswich.

Wir heirateten im Frühling. Er sah mich am liebsten in meinen Frauengewändern, weiß und makellos wie die der Schäferinnen auf den pastoralen Gemälden, die er in seinem Haus nicht duldete. Er war gut zu mir, auf seine Art. Er war freundlich und schlug mich nicht.

Er liebte mich unterkühlt unter der Decke, stieß im Dunkeln blind zu, berührte meinen Körper möglichst wenig. Gott wolle das so, sagte er. Ich versuchte ihm zu erklären, dass der Gott, den ich kannte, voller Feuer und Leidenschaft war und sich nicht darum scherte, wie die Menschen es treiben.

Morgens kochte ich ihm sein Ei und sah zu, wie er mit seinen kurzen Nägeln die Schale zerbrach, ohne das Eiweiß zu beschädigen, bis er ein reines und makelloses Oval vor sich hatte, so ohne jede Sünde, dass er es manchmal nicht über sich brachte, hineinzubeißen.

Ich dachte, es spiele keine Rolle, dass ich ihn nicht liebte.

So war es aber nicht.

Eines Abends suchte ich ihn in seinem Schlafgemach auf. Ich bat meinen Mann, sich auf die Bettdecke zu setzen und die Öllampe anzumachen.

Dann legte ich alles ab. Jedes Stückchen Stoff. So viele Lagen damals. Er sah zu, wie ich mein Kleid auszog und die Strümpfe, das Mieder öffnete und die Pluderhose ablegte. Anschließend glitten die Bänder aus meinem Haar zu Boden.

Doch damit hörte ich nicht auf. Ich zog meine Haut aus und hängte sie an einen Nagel neben der Tür. Dann schälte ich eine Schicht Fleisch und Knochen nach der anderen ab, bis ich in meiner wahren Form vor ihm stand, brennend und wirbelnd. Das Tosen in meinen Ohren war so laut, dass ich meinen Ehemann kaum schreien hörte.

Dann verließ ich ihn.

Wie ich hörte, endete er im Irrenhaus.

Es gibt schlimmere Orte.

Ins Heaven kommt man nicht ohne weiteres hinein, so wenig wie in den Himmel. Man muss einen Dress-Code einhalten und Eintritt zahlen, es sei denn, man steht auf der Gästeliste. Wir dürfen mit Geld nichts zu tun haben, also schlüpfe ich in eine Haut, mit der ich ungehindert reinkomme.

Schwarze Jeans. Schwarzer Lippenstift. Schwarze Stöckelschuhe. Ein enges schwarzes Netztop. Schneeweißes Haar mit eierschalenblauen Spitzen. Glatte Haut, ein leicht asiatischer Hauch um die Augen. An den richtigen Stellen weiches Fett über festen Muskeln.

Gott, ich sehe phantastisch aus.

Das Mädchen am Einlass hat ein Engelsflügeltattoo auf dem Rücken. Ich sage, ich gehöre zur Band.

Sie mustert mich von oben bis unten und lässt mich mit einem Nicken herein.

Das Heaven ist von süßem und warmem Biergeruch erfüllt, durchsetzt mit Schwaden kalten Zigarettenrauchs, der von draußen hereinzieht. Es liegt Spannung in der Luft. Die Roadies sind gerade mit dem Aufbau fertig.

Ich lasse mich an der Bar zu einer Diet-Coke einladen und ziehe mich damit in eine Ecke zurück, wo ich die mysteriöse Fremde gebe. Über dem langsamen Herzschlagbass kreischt stotternd der sterbende Roboter. Ich mag das.

Ich bin keine Gefallene, bin nie gefallen. Ich steige hinab und mische mich unters gemeine Volk.

In den zwanzig Minuten, bis die Band spielt, verscheuche ich drei Widerlinge. Sie trollen sich Richtung Ausgang und murmeln Gebete vor sich hin, die sie seit ihrer Kindheit nicht mehr gesprochen haben.

Dann kommt die Band. Nur ein Drummer, einer im engen silbernen Hemd am Keyboard und er.

Seine Augen sind groß und blau und traurig. Die Wangenknochen hat ein durchgeknallter Bildhauer in Marmor gemeißelt, damit sie Frauen in den Wahnsinn treiben.

Ich bin aber keine Frau. Ich bin etwas anderes.

Ein elektronisches Wimmern.

Dann geht es los.

Da sind sie, die Worte, Liebe, Tod, Wut, der Tumult des Kampfes, der über Angst zu etwas Größerem hinführt, etwas gänzlich Menschlichem. Doch Benjamin singt wie einer von uns: Eis und heiliges Feuer.

Die Menge flippt aus.

Nach dem Auftritt warte ich in der Gasse auf ihn. Als er mich sieht, bleibt er abrupt stehen. Der lange Mantel hängt ihm von den Schultern.

Ich suche nach tiefschürfenden Worten.

»Du warst super«, sage ich und starre auf meine High Heels hinab. Die Füße tun mir weh. Ich habe die ganze Nacht getanzt.

»Ich kenne dich von irgendwoher«, sagt er. »Kenne ich dich nicht von irgendwoher?«

Er ist im Adrenalinrausch und betrunken.

Aber nicht zu betrunken, noch nicht.

Ich lächle und reiche ihm die Hände.

Ich erwache auf einer schmuddeligen Matratze, irgendwo in der Caledonian Road. Ein Zug rattert über mich hinweg. Tauben gurren würgend auf den Dächern. Es riecht nach billigem Kaffee, bittersüß und schwarz.

Benjamin ist schon auf, schon halb angezogen. In der Dämmerung ist sein nackter Torso glatt und durchscheinend blass, übersät mit Sommersprossen. Elf blonde Haare sprießen auf seiner Brust. Ich habe sie letzte Nacht gezählt.

Die Sommersprossen werde ich nicht zählen. Auch die Narben nicht. Ich werde seine Tage zählen, sein Herz öffnen, seine Leidenschaft und seinen Schmerz trinken. Ich werde ihm die Namen sämtlicher Sterne verraten, damit er sie zu einem Song verarbeiten kann.

Benjamin stellt mir eine Tasse Kaffee hin und starrt mich an.

»Jetzt weiß ich wieder, wer du bist«, sagt er.

Ich nippe an meinem Kaffee und schüttle den Kopf. »Du denkst bestimmt an jemand anders.«

»Nein«, sagt er. »Ich erinnere mich wieder. Ich habe dich angerufen. Es war ein Fehler.«

Mein Mund ist trocken. »Es rufen dauernd Leute an«, sage ich. »So ist das eben.«

»Nein«, sagt er. »Ich meine, das hier war ein Fehler. Es war schön für mich. Wirklich schön. Aber ich kann dir nicht geben, was du dir wünschst.«

Er blickt durch das Fenster auf den dichten Verkehr, der sich ächzend Richtung Camden wälzt.

»Du willst nicht, dass ich bleibe?«

Er sieht mich an, sieht mir direkt durch die Haut.

»Ich wünsche mir, dass du bleibst«, sagt er. »Aber ich muss dich bitten zu gehen.«

Benjamin gibt mir zwanzig Pfund für das Taxi. Ich steige an der U-Bahn-Station Angel aus und gehe zu einem Münzfernsprecher, der schon seit Jahren außer Betrieb ist.

Ich nehme den Hörer ab und wähle die einzige Nummer, die ich kenne.

»*Ihr Gebet wird vom nächsten freien Mitarbeiter entgegengenommen. Bitte beachten Sie, dass wir telefonisch keine Anfragen nach Wundern bearbeiten können. Ihre Gebete können für Schulungszwecke und zur Qualitätssicherung aufgezeichnet werden.*«

»Guten Morgen, mein Name ist Legion, wie kann ich Ihnen heute helfen?«

»Grem«, sage ich. »Ich bin's.«

»Wo bist du gewesen, verdammt noch mal?«, faucht Grem in den Hörer. Dämonen können wirklich fauchen. »Du bist schon drei Stunden überfällig. Der Teamleiter dreht völlig durch. Kommst du überhaupt noch?«

»Ich ...« Ich schlucke mühsam. »Ich glaube nicht. Heute nicht. Morgen vielleicht auch nicht. Ich glaube, ich kann den Job nicht mehr machen.«

»Sag mal«, sagt er, »was ist passiert? Geht es dir gut?«

»Ich glaube nicht«, sage ich. Meine Stimme ist belegt und fremd. »Ich glaube, mir geht es schon lange nicht mehr gut.«

»Bleib dran«, sagt Grem.

Ich warte. Ich lausche in den Hörer. Totenstille.

»Gut«, sagt Grem. »Du bleibst, wo du bist. Ich komme runter und hole dich ab. Hab mir den Nachmittag frei genommen. Familiärer Notfall. Sollen wir uns in Hampstead Heath zukiffen?«

»Ja«, sage ich schniefend. »Ja, das wäre gut. Danke, Grem.«

»Oder wir gehen einfach an den Fluss oder so. Wie du willst.«

»Klingt auch gut.«

»Okay. Gut. Hol dir einen schicken Kaffee oder so. Bleib cool, ja? Bis gleich.«

Grem beendet das Gespräch.

Ich atme tief ein. An meinen Klamotten klebt der Schweiß der letzten Nacht. Der wäscht sich raus. Sex. Schweiß. Haare. Haut. Wünsche kontra Bedürfnisse. Das wäscht sich alles raus.

Ich gehe ins Café an der Ecke Upper Street und bestelle mir bei einem weißen Mädel mit eckigem Haarschnitt und einem Tattoo »Made in China« einen Latte. Aus den Lautsprechern dröhnt *The Number of the Beast.*

Grem hat Recht. Das ist wirklich entspannend.

Praktische Magie

Können wir anfangen? Ich habe um drei eine Besprechung, und Wendy will sich wahrscheinlich vorher noch die Notizen durchsehen, aber eine Stunde habe ich mindestens für Sie Zeit. Wissen Sie, es gibt Leute, die rümpfen die Nase, wenn eine Kandidatin Modemagazinen Interviews gibt – als wären die nicht so wichtig, weil sie sich an Frauen richten. Das ist nicht mein Stil. War es noch nie.

Ich hoffe aber, Sie fragen mich nicht nach meinen Schuhen. Ich weiß nicht mal, was das hier für welche sind … Wendy hat sie mir ausgesucht, stimmt doch, meine Liebe, nachdem ich mir vor zwei Wochen beim Besuch eines Eltern-Kind-Zentrums einen Absatz abgebrochen habe. Es war klar, dass das passieren würde, der Parkplatz war ja voller Löcher, kein Wunder, nachdem das Ministerium das Budget dermaßen kürzen musste. Drinnen wurde so gut wie nicht geheizt, dabei waren einige Kinder erst ein paar Wochen alt. Wenn ich im Amt bin, werde ich das alles ändern. Das können Sie so schreiben. Das ist eins meiner Wahlkampfversprechen, aber mir ist es ernst damit.

Ja, Ihr Fotograf kann ruhig schon aufbauen – aber könnte er das bitte draußen machen, da in der Ecke?

Ich mag, wie das Licht hier ins Büro fällt. Bei meiner ersten Kandidatur für die Schulbehörde hatten wir einen schrecklichen umgebauten Wohnwagen, ein winziges Kabuff – das hatte einen gewissen rauen Charme, aber ich brachte meinen Besen einfach nicht unter.

Das war ein Scherz. Bezieht sich auf den jüngsten Skandal. Wendy sagt, ich soll keine Witze darüber machen, aber was bleibt mir anderes übrig? Das Ganze ist doch einfach nur lächerlich.

Oh, das war wohl schon Ihre nächste Frage? Das hätte ich mir denken können. Ich spreche nicht gern darüber, aber mir ist schon klar, dass das ein interessanter Ansatzpunkt für ein Porträt ist – na ja, Sie scheinen mir eine nette, höfliche junge Frau zu sein, und ich bin mir sicher, Sie werden mich nicht falsch zitieren. Ich sehe schon, Sie haben zwei Aufnahmegeräte. Das ist eine gute Angewohnheit, sehr gut.

Wie bitte, junger Mann? Sie wollen ein Bild von Wendy machen? Wendy kandidiert aber nicht, wissen Sie ... jedenfalls noch nicht, stimmt's, meine Liebe? Aber Sie haben schon Recht, sie ist eine außergewöhnliche Erscheinung – Wendy, macht es dir etwas aus? Stell dich einfach da hin, und zeig dich von deiner charmanten Seite, Schätzchen, oder wie es der junge Mann eben haben will. Er ist schließlich der hinter der Kamera. Wo man hinsieht, junge Männer mit Kamera, nicht wahr?

Nun, da die beiden beschäftigt sind: Unter uns gesagt, mir gefällt nicht, wie der junge Mann Wendy ansieht. Sie ist schüchtern, wissen Sie, und sie steht nicht gern im Mittelpunkt. Ich hoffe nur, er fordert sie nicht auf zu lächeln.

Die Sache mit der Hexerei? Diese dumme Geschichte?

Also, es fing damit an, dass ein schmieriger Schreiberling – nichts für ungut, meine Liebe! – ein paar alte Foren durchforstete und den Hinweis auf den einen oder anderen Schabernack fand, den meine Freundinnen und ich in unserer Jugend in New Hampshire trieben. Nichts Anzügliches, nur ein paar schwarze Kerzen, Frösche im Briefkasten, eine Vorliebe für Kleider mit viel Spitze, die für das Klima völlig ungeeignet waren. Ich erinnere mich gut, dass wir gern düstere Songs junger Männer hörten, die nicht genug Sonne abbekamen, bis wir uns dann für andere Dinge interessierten. Wirklich, mehr war da nicht dran.

Wenn man Fox News hört, könnte man meinen, es wären wogende Busen und Blutopfer im Spiel gewesen. Ehrlich, ich finde diese Unterstellungen ziemlich pervers. Dass die Republikaner als Erstes an Orgien Minderjähriger denken, sagt viel über ihre Phantasie aus. Das waren wirklich nur kindische Spielereien, die nach Halloween ein bisschen zu lang weitergingen.

Was uns reizte? Also, Sie waren offensichtlich nicht vierzehn, als *Der Hexenclub* herauskam. Natürlich nicht, das sieht man ja gleich, Sie waren damals wahrscheinlich noch nicht mal geboren. Wie alt sind Sie? Vierundzwanzig?

Ach, was fur ein wunderbares Alter. Man hat so viel vor sich. So viele Möglichkeiten! Und arbeiten Sie gern für *Metrolady*? Nein, antworten Sie nicht, das erwarte ich gar nicht. Das war eine gute Geschichte, die Sie neulich geschrieben haben, die über die Bauch-Beine-Po-Workout-Flipflops. Nein ich habe sie nicht gelesen, aber Wendy. Sie sagt, Sie haben das recht gut gemacht, wenn man bedenkt .... Wir tun alle, was wir tun müssen, nicht wahr?

Damals drehte sich für uns alles um Pentagramm-Armreife und Tattoo-Halsbänder. Ein paar Wochen lang waren wir richtig besessen davon, meine Freundinnen und ich. Wir besuchten uns zu Hause und versuchten, einander frei schweben zu lassen.

Aber da wir gerade von Hexerei sprechen, will ich Ihnen etwas erzählen. Für Ihre Zeitschrift. Es ist eine traurige Geschichte, eine alte Geschichte, und sie handelt von den Entscheidungen, die man im Leben fällen muss. Ihren Leserinnen gefällt das bestimmt.

In der Kleinstadt, in der ich aufwuchs, erzählte man sich eine Geistergeschichte. Es hieß, im Wald spuke der Geist einer jungen Frau, einer Hexe, die ihr neugeborenes Kind umgebracht hatte. Adelaide Cummings war ihr Name. Sie erfror im Winter 1742. Eine Tragödie.

Ich glaube, diese Geschichte verführte uns zu unserem pubertären Unsinn. Es war in Mode, ja, aber es hatte auch etwas mit unserer Stadt zu tun. Einmal schlichen wir uns sogar in den Wald und zogen einen magischen Kreis, um den Geist der Adelaide Cummings zu beschwören. Es hieß, wenn man es richtig anstellte, wenn eine Jungfrau zur Wintersonnenwende auf einer Lichtung tief im Wald eine Kerze anzündete, würde man seinen Herzenswunsch erkennen und müsste eine Entscheidung treffen. Aber dann wurde es dunkel, und Nancy Cooks Mutter hatte ihr eingeschärft, sie müsse um zehn Uhr zu Hause sein, und so gingen wir alle zu ihr und tranken Kakao. Du meine Güte, an Nancy habe ich schon seit Jahren nicht mehr gedacht. Sie ist Strafverteidigerin und hat drei Kinder, lauter Mädchen. Ich sollte sie mal anrufen.

Nein, natürlich ist nichts passiert, reden Sie keinen Unsinn. Außer dass sich ein paar von uns eine Erkältung einfingen, und das geschah uns nur recht, immerhin waren wir Mitte November im Seidenkleid in den Wald gegangen. Natürlich könnte es sein, dass die, die wir dazu brachten, eine Kerze anzuzünden, keine ... nein, nein, vergessen Sie das.

Aber nein, mehr war da nicht dran. Die verwenden einfach alles, wissen Sie, diese Konservativen, diese schwafelnden Fortschrittsgegner. Die greifen in die unterste Schublade, nur damit sie das Recht der Frauen, sich frei zu entscheiden, mit Füßen treten können. Nichts macht sie wütender. Eigentlich geht es natürlich um die Wirtschaft, von der wollen sie uns ablenken. Reines Störfeuer. Die schimpfen über die bösen Frauen, die es wagen, eine Krankenversicherung für alle zu fordern, und schon verliert das Wahlvolk die krasse Ungleichheit aus dem Blick, den Mangel an tariflich bezahlten Jobs, den unterentwickelten Wohlfahrtsstaat. Das ist ihr Trick. Das ist die Zauberei, die hier am Werke ist. Alles Augenwischerei, und wenn ich die Wahl gewinne, werde ich so etwas nicht dulden.

Adelaide Cummings gab es wirklich. Sie war so real wie Sie und ich. Als ich das College besuchte, betrieb ich ein paar Nachforschungen. Ich hatte immer gewusst, dass mehr an der Geschichte dran war.

Und es ist so eine traurige Geschichte. Adelaide Cummings war gerade erst siebzehn und wurde von einem jungen Mann umworben, der nicht viel älter war als Ihr hilfreicher Freund da drüben, der Fotograf. Aus den Dokumenten geht nicht eindeutig hervor, ob er beabsichtigte, sie zu heiraten, aber sie muss es geglaubt haben, denn sie war ein vernünftiges Mädchen, und damals ging eine junge Frau so ein Risiko nicht einfach ein, wissen Sie? Jedenfalls nicht, solange ihr nicht die Ehe versprochen war. Sich zu verlieben war damals das Gefährlichste, was ein Mädchen tun konnte.

Und das ist im Grunde heute noch so. Finden Sie nicht?

Vielleicht hatten ihre Eltern etwas dagegen. Vielleicht war er einer anderen versprochen. Jedenfalls hatte sie bei Wintereinbruch keinen Ehering, doch das Risiko war sie eingegangen, es war geschehen.

Also gingen sie und der junge Mann zu einem Arzt, um das Problem zu beheben. Leider kam man ihnen auf die Schliche. Man beschuldigte Adelaide Cummings der Hexerei. Ist das nicht unglaublich?

Aber das geschieht, meine Liebe, wenn Frauen versuchen, ein praktisches Problem zu lösen. Hexerei ist nur ein anderer Begriff für eine Macht, die die Leute nicht verstehen. Immer, wenn wir uns ein bisschen Macht verschaffen wollen, sind wir Hexen und Schlampen. Das kann man deuten, wie man mag.

Nein, es war keine Hexerei im Spiel, jedenfalls nicht die Art, die Sie meinen, mit Hexenkessel, schwarzer Katze und Besen. Das sagte der Arzt später nur aus, um seine Haut zu retten. Er war ein Trinker, ein Quacksalber und ein alter Freund der Familie, aber ich glaube, als das Mädchen zu ihm kam, wollte er ihr wirklich helfen.

Der Arzt und der junge Mann taten ihr Bestes, das Problem zu beseitigen. Dem Archivmaterial zufolge gab der Arzt dem Mädchen in der Scheune ihres

Vaters einen Trank, von dem er schwor, er würde eine Fehlgeburt einleiten.

Doch das Mittel wirkte nicht. Stattdessen starb der Fötus in Adelaides Leib ab, und sie bekam Fieber. Sie versuchte, ihren Zustand zu verbergen, doch eines Tages brach sie in der Küche zusammen, und als ihre Schwester nach einem anderen Arzt schickte, kam alles ans Licht.

Sie muss gewusst haben, was für ein Risiko sie einging. Aber manchmal haben wir keine Wahl, nicht wahr? Manchmal können wir nur zwischen zwei Übeln wählen und müssen entscheiden, welches wir überleben können.

Oh je.

Oh, meine Liebe, geht es Ihnen gut?

Nein, Ihnen geht es nicht gut. Ganz und gar nicht. Das sieht man doch. Ihr Gesicht ist ja ganz nass. Sie sind wirklich sehr professionell, das bewundere ich an Ihnen. Oft muss das eben sein, nicht wahr? Wendy, machst du uns bitte einen Tee? Und bring ein Päckchen Taschentücher für unseren Gast mit.

Ich werde Sie nicht danach fragen. Sie sind es, die heute die Fragen stellt. Haben Sie noch eine?

Was aus Adelaide Cummings wurde? Nun, leider muss ich sagen, dass sie starb, meine Liebe. Eines Tages ging sie in den Wald und kehrte nicht mehr nach Hause zurück.

Sie wäre wahrscheinlich ohnehin gestorben: Sie hatte hohes Fieber, weil das tote Kind in ihrem Leib sie vergiftete, und vielleicht war sie im Delirium, und gewiss schämte sie sich. Was auch immer sie dazu veranlasste, sie ging mitten in einem Schneesturm nur mit Hausschuhen an den Füßen in den Wald.

In jenem Jahr herrschte ein eiskalter Winter, ähnlich wie dieses Jahr. Wir kennen ja diese starken Schneefälle, aber für uns ist das anders, als es die Menschen damals erlebten. Wenn wir beide krank werden, machen wir die Heizung an, und das Schlimmste, was uns passieren kann, ist, dass wir trockene Haut bekommen. Adelaide Cummings war krank, krank von dem toten Fötus in ihr, krank im Herzen, nachdem Freunde und Verwandte sie verdammt hatten, die Leute, die sie eigentlich lieben sollten. Sie hatte niemanden, der sie ins Bett steckte und ihr einen heißen Tee brachte. Stattdessen kündigten sie an, sie zu hängen, wenn sie überlebte.

Deshalb floh sie.

Sie floh in den Wald, im Unterkleid und Wintermantel, fiebernd und völlig verzweifelt.

Versuchen Sie sich das vorzustellen. Diese Kälte. Wir haben auch schneereiche Winter, aber nun stellen Sie sich vor, bei diesem Wetter draußen zu sein, bei Anbruch der Nacht nach einem Unterschlupf zu suchen, wohl wissend, dass sich Ihnen keine Tür mehr öffnen wird. Es gibt keinen Grund umzukehren. Sie spüren, wie Ihnen die Kälte in die Knochen kriecht, und Sie wissen, dass Ihnen nie wieder warm wird, niemals. Denken Sie mal, was für Angst sie gehabt haben muss. Denken Sie, wie lange es gedauert haben muss, bis sie starb.

Man fand sie im Frühling, tot und perfekt erhalten unter einem Meter Schnee, der in jener Nacht gefallen war und sie dick eingepackt hatte.

Woher ich weiß, dass es ein Meter Schnee war? Das muss ich irgendwo gelesen haben. Ich habe diesen Fall ja im College recherchiert und auch viele ähnliche Fälle. Lesen ist sehr nützlich. Sie lesen auch viel, nicht wahr? Das sehe ich auf den ersten Blick.

Die Dorfbewohner begruben sie nicht auf dem Friedhof, sondern an Ort und Stelle im Wald. Das hatte sie so verdient, weil sie eine verruchte Frau war. Sie war eine Hexe.

Faszinierend, was sich die Menschen für Lügen ausdenken, damit sie weiter mit sich leben können.

Das war die Geschichte, die wir als Mädchen gehört hatten. Es hieß, wenn man im Winter in den Wald gehe und einen Kreis bilde, könnten verzweifelte Mädchen in verzweifelten Situationen den Geist der Adelaide Cummings heraufbeschwören, und dann hätten sie die Macht, die sie für die schweren Entscheidungen brauchten, die vor ihnen lägen.

Es ist eine alte Geschichte, eine alberne Geschichte. Aber zumindest ein Teil davon ist kein Märchen. Wenn ich gewählt werde, werde ich für das Recht der Frauen eintreten, selbst über ihr Schicksal zu bestimmen. Ich werde für Vernunft und Mitleid eintreten. Nicht mehr und nicht weniger. Das Recht, sich zu entscheiden. Das Recht zu entscheiden, was mit unserem Körper geschieht. Das Recht, um jeden Preis über unser Schicksal zu bestimmen. Das Recht, wie ein Mensch behandelt zu werden. Um jeden Preis. Dafür stehe ich ein. Man könnte also sagen, der Zauber hat tatsächlich gewirkt.

Aber da ist ja wieder der nette junge Mann mit der Kamera. Vielleicht hätte er gern eine Stärkung? Wendy, hol doch mal die Keksdose.

Ja, genau. Junge Männer, die im Wachstum sind, lieben Kekse. Na los, machen Sie die Dose auf.

So ist es gut.

Es gibt keinen Grund zu fluchen, junger Mann. Dieses Scheißvieh, wie Sie es nennen, ist mein kleiner Freund, mein kleiner Vertrauter. Er ist hungrig, genau wie Sie.

Ach, was für eine Schweinerei.

Und auch noch auf den neuen Teppich. Böse, böse, Atraxis. Und das, nachdem ich ihn schon wegen des letzten Fotografen ausschimpfen musste. Der Teppich muss in die Reinigung.

Hören Sie auf zu schreien, meine Liebe. Es ist gleich vorbei.

Sehen Sie. Jetzt ist alles vorbei. Ein Jammer, er schien so ein netter junger Mann zu sein, aber wir können es nicht dulden, dass uns jemand belauscht, und Atraxis nascht einfach so gern.

Ihnen etwas tun? Warum sollte ich, meine Liebe? Seien Sie nicht albern. Natürlich tue ich Ihnen nichts.

Wendy, bring mir doch mal Atraxis zum Knuddeln. So ist es gut. Wo ist Mamis Baby? Wo ist Mamis süßes kleines Scheusal? Möchten Sie ihn gern mal streicheln? Ich weiß, er sieht ein bisschen furchteinflößend aus, aber er ist wirklich herzallerliebst, wenn er Sie erst besser kennt.

Oh, ja, er mag Sie! Da, er schnurrt. Dieses Geräusch, das ist ein Schnurren. Kein Grund zur Beunruhigung. Er frisst nur die Unwürdigen.

Und ich muss schon sagen, ich finde, Sie sind im höchsten Maße würdig.

Ich habe … ja, ich habe sogar ein Geschenk für Sie.

Na, Macht, meine Liebe. Was sonst können Sie wirklich brauchen?

Schönheit hat ihren Preis, und Geld bringt einem doch immer nur Probleme. Am besten ist es, wenn man Macht hat.

Ich habe in der Pressestelle einen Job frei. Denken Sie darüber nach, Schätzchen, aber ich sehe ja, dass Sie schon nachdenken. Sie müssten nie wieder eine Geschichte über Schuhe schreiben.

Und wir besorgen Ihnen auch einen neuen Fotografen. Vielleicht einen, der nie stirbt. Würde Ihnen das gefallen?

Wendy kümmert sich um den Papierkram. Nein, sie spricht nicht viel. Die Leute reagieren oft extrem, wenn sie den Mund aufmacht.

Wendy, schenk uns ein Lächeln.

Da. Sehen Sie? Ich persönlich finde das sehr apart, aber über Geschmack lässt sich bekanntlich streiten.

Ich glaube, Sie sind im Begriff, einen sehr positiven Schritt für Ihre Karriere zu tun, meine Liebe. Sehr positiv. Lean in! Hängen Sie sich rein! Ich kann Ihnen beibringen, wie das geht, dass Ihre Füße den Boden nicht mehr berühren. Es gibt in Washington eine Menge Anzugträger, aber mit denen kommen wir schon zurande.

Ach, hier ist auch der Tee. Wunderbar. Bringst du uns auch Kekse, Wendy? Ja, bitte die richtigen.

Das ist Schoko-Salz-Karamell. Sündhaft gut. Ich weiß ja nicht, wie es Ihnen geht, aber ich fühle mich teuflisch verrucht.

Hush

Die Stadt brüllt, polyphon, penetrant. Der Lärm tausender Motoren, das Geräusch unzähliger winziger Kreaturen, die zermahlen werden von den Zähnen gigantischer Maschinen, das luftlose Keuchen und Grölen, und, schlimmer als alles andere, der langgezogene panische Todesschrei …

… Dieser verkackte Wecker.

Rosies Schicht fängt in fünfzehn Minuten an.

Sie holt die Flasche mit den rosa-grünen Pillen unter dem Klappbett hervor und schüttelt sie.

Nur noch eine. Eine letzte Hush. Und dann – nichts mehr. Nichts, bis Rosie Nachschub besorgt oder den Entzug überstanden hat.

Die Pille schmiegt sich in Rosies Hand wie ein Edelstein.

»Diesmal ist es anders«, sagt Jhayan neben ihr. »Diesmal bist du stärker.«

Rosie schließt die Augen. Sie weiß, dass Jhayan eigentlich gar nicht da ist. Sie sieht ihn noch, wenn sie schläft, aber das Hush verhindert, dass er sie am Tag nervt. Jhayan und seine schrecklichen Versprechungen.

»Vermisst du mich denn gar nicht?«

Rosie sieht Jhayan nicht an. Wenn sie ihn ansieht, lösen sich ihre Vorsätze in Luft auf.

»Ich weiß, dass du mich vermisst«, sagt Jhayan. »Ich vermisse dich auch. Wir können zusammen sein, wenn du damit aufhörst. Ich helfe dir durch den Entzug. Diesmal wird es anders.«

Jhayans Stimme vibriert tief in Rosies Kehle, in dem Hohlraum knapp oberhalb des Herzens, das schwer ist vom atmosphärischen Mitgefühl seiner Stadt, der anderen, der unwirklichen Stadt, die überhaupt erst an Rosies Problemen schuld war. Jhayan kann das nicht verstehen. Jhayan muss nicht in dem Scheiß-Imbiss arbeiten, in dem Scheiß-Bretterverschlag schlafen.

»Bitte«, sagt Jhayan. Er reicht ihr seine dünne goldene Hand, die heller und glatter ist als Rosies. Sie zieht ihre Hand zurück und wirft sich die Pille ein.

Rosie schluckt. Die Pille klebt in der Kehle, und sie spürt ein schäumendes Kribbeln.

Hush. Schsch.

Jhayan verschwindet.

Als Rosie wieder allein ist mit dem Lärm der Stadt, der echten Stadt, steht sie mühsam von ihrem Klappbett auf. Ihre Knochen jammern vor Schmerz.

Dann geht Rosie zur Arbeit.

Zum Glück sind es nur fünf Meter bis zu ihrem Arbeitsplatz. Rosies Bretterverschlag steht in einem verlassenen und vermüllten Belüftungsschacht, den man der dichten Bebauung als Refugium abgetrotzt hat. Ein paar Obdachlose kriechen aus ihren Löchern, ehe die Reinigungskräfte vorbeikommen. An den Ständen, die an diesem Teil des Tunnels G46 liegen, wurden die Rollgitter noch nicht ratternd hochgezogen. Der Morgen ist so jung, dass es eigentlich noch letzte Nacht ist.

Rosie zittert, nicht nur vor Kälte. Sie zieht sich die kratzende Uniform enger um den Körper.

Der Entzug hat das Stadium des Beineschlotterns noch nicht erreicht. Aber das kommt noch. Wenn es so weit ist, wenn sie nicht vor dem Mittag eine Pille nachwirft, wird es erst richtig lustig, dann wird sie wie eine Besoffene Burger ausgeben in ihrer bescheuerten blauen Uniform. Blau wirkt angeblich beruhigend. Vielleicht braucht man das, wenn man sich künstlich hergestelltes Formfleisch in den Mund stopft. Auch wenn Rosie nicht wüsste, was da drin ist, würde sie das Zeug nicht essen. Rosie weiß, wie echtes Fleisch schmeckt, denn sie ist fünfzig Stockwerke weiter oben aufgewachsen.

Das echte Fleisch gab es immer an Weihnachten und zu Geburtstagen. Einmal bekam Rosie an Weihnachten eine Hähnchenkeule, und sie war völlig überwältigt, als sie echte Muskeln und Sehnen zwischen den Zähnen hatte und sich der schrecklichen unvermeidlichen Tatsache bewusst wurde, dass dieses Ding einmal gelebt hatte – kein langes oder schönes Leben, zugegeben, aber irgendwelche Gefühle hatte das Hähnchen ja wohl gehabt. Gummiartig verbrannte Haut auf der Zunge.

»Warum solltest du Haut essen?«, hatte Jhayan geflüstert. Sie weiß noch genau, dass sie sich nicht zu ihm umsah, damit ihre Mutter nichts bemerkte. Bestimmt hatte er vor Unverständnis die Stirn gerunzelt.

»Warum solltest du das essen? Es ist die Haut eines Tiers.«

Rosie schämte sich. Sie spuckte das durchgekaute Hähnchenfleisch wieder aus und legte den Schlegel beiseite, doch da regte sich ihre Mutter dermaßen auf, dass sie anfing zu weinen, und so würgte Rosie den

Rest hinunter, nur damit ihre Mutter mit dem Weinen aufhörte. Sie weiß noch, dass sie sich zwingen musste, das Fleisch zu kauen und hinunterzuschlucken, dass alles nach Galle schmeckte und sie versuchte, Jhayans Kotzgeräusche hinter sich zu ignorieren.

Damals war Jhayan fast die ganze Zeit bei ihr, wenn er nicht gerade in der Schule saß, in die man ihn schickte, in der anderen Stadt, in der alles anders war. Dort aß man kein Fleisch, nicht einmal als Delikatesse. Und niemand musste arbeiten, wenn er oder sie es nicht wollte, obwohl fast jeder etwas zu tun hatte. Eine von Jhayans Müttern war Elektrikerin, eine andere Künstlerin, aber nur, wenn sie Lust darauf hatte. Und die Kinder lernten in der Schule auch Dinge, die nicht für ihre spätere Arbeit wichtig waren und über das einfache Rechnen hinausgingen. Sie lernten viel über Geschichte und auch andere wunderbare Dinge, doch Jhayan weigerte sich, darüber zu sprechen. Er durfte es offenbar nicht. Dort, wo Jhayan herkam, war es relativ normal, mit Menschen aus Parallelwelten zu reden, solange man sich nicht zu sehr ablenken ließ oder den Leuten Geheimnisse anvertraute, mit denen sie nicht umgehen konnten.

Man bezeichne das als Kontaktfähigkeit, sagte Jhayan. Nur besondere Menschen könnten das. Rosie sei nicht verrückt, sagte er, sie sei vielmehr etwas Besonderes. Doch in ihrer Welt waren »besonders« und »verrückt« mehr oder weniger dasselbe.

Solange Rosie zurückdenken kann, verfolgt sie diese andere Stadt.

Zuerst geschah es nur in ihren Träumen. Dann waren es Stimmen am Tag und schließlich Gesichter und Stimmen, die Silhouetten von Gebäuden, Kinder in ihrem Alter, die weiche, saubere, helle Kleidung trugen und die ganze Zeit lachten. Und immer, solange sie zurückdenken kann, war es Jhayan. Ihr Geister-Ich.

Die kleinen rosa-grünen Pillen, die in der Apotheke ausgegeben werden, hatten früher einen anderen Namen als Hush, doch Rosie hat ihn vergessen. Sie lösen beim Schlucken ein leichtes Kribbeln in der Kehle aus, und das Kribbeln schiebt seine warmen Finger ins Gehirn, und mehr braucht man nicht, um die Albträume loszuwerden, solange den Apotheken die Pillen nicht ausgehen, was häufig geschieht.

Rosie versucht, sich einen Vorrat anzulegen, aber das bedeutet, dass sie hier und da eine Dosis auslassen muss, und dann hat sie wieder Visionen. Dann sieht sie Jhayan wieder. Ohne ihn aber, wenn sie Hush nimmt, spürt sie den Verlust wie einen Phantomschmerz, als hätte man ihr tief im Brustkorb einen wichtigen Körperteil amputiert und verätzt.

Aber so muss es sein. Genau so muss Rosie sein, um zu überleben.

Konzentriere dich. Konzentriere dich auf das Jetzt. Die Kunden kommen in einer Stunde. Misch das Fleisch, Rosie. »Das Fleisch«, das ist die billige, künstlich gezüchtete Klonvariante. Chemisch betrachtet ist es Tierprotein, doch es wird mehr wie ein Pilz kultiviert, aus einzelnen Zellen zu einer formlosen Masse gezüchtet, wabbelig und in schmuddeligem Rosa. Das Mischen und Portionieren ist eine ekelhafte Arbeit. Das schleimige Zeug stinkt, ehe es geformt und gebraten ist. Es könnte alles Mögliche sein. Aber Rosie braucht diesen Job. Der Chef lässt sie im Bretterverschlag hinter dem Imbiss schlafen, sie bekommt etwas Geld, und der Job verhindert, dass sich Rosies Mutter allzu große Sorgen macht. Rosies Mutter kennt allerdings nicht alle Einzelheiten, denn sie hat sie auf dieser Ebene nie besucht.

Es ist gut, dass du arbeitest, Schätzchen, sagt sie bei den wenigen Telefonaten, die sie miteinander führen. Arbeit ist gut für die Gesundheit. Arbeit macht dich normal. Du bist ein braves Mädchen. Du bist trotz allem ein braves Mädchen. Warum kommst du nicht nach Hause?

Seit einem Jahr hat Rosie nun schon nicht mehr mit ihrer Mutter gesprochen, und sie kann sich nicht mehr richtig an ihre Stimme erinnern. Es war Rosies Mutter, die ihr vorschlug, es mit Hush zu probieren, damals, als sie aus der Schule flog und es bei Jhayan immer besser und fröhlicher war als in der Welt, die sie berühren konnte und die ihre Eltern für die echte Welt hielten.

Rosie mischt die Fleischmasse, als sie eine Brechreizwelle überkommt.

Das ist das erste Symptom. Tief unten in Rosies Kehle ballt sich ein kalter, ekelhafter Knoten, die Gedärme verkrampfen sich, lösen sich, verkrampfen sich. Weil ihr das Hush schon seit zwei Tagen langsam ausgeht, hat sie die Dosis herabgesetzt, und daher wird es ihr in ein paar Stunden dreckig gehen, und dann wird sie sie wiedersehen – nicht nur Jhayan, sondern auch alles andere.

Dinah trudelt ein, ehe die ersten Kunden aufkreuzen. Rosies Kollegin Dinah, groß, muskulös und weiß, wie es manche hier sind. Sie braucht keine rosagrünen Pillen, um in der echten Welt ihren festen Stand zu haben, denn die echte Welt schmiegt sich eng an sie an.

Dinah schiebt das Rollgitter hoch.

»Alles in Ordnung?«, fragt sie und nickt Rosie zu.

»Der Shuttlebus geht wieder. Ich musste heute nicht laufen.«

»Das ist gut«, sagt Rosie. Ist es auch. Der Shuttlebus funktioniert schon seit Monaten nicht mehr, und niemand wusste, wer ihn eigentlich reparieren sollte. Seit der letzten Inspektion waren keine staatlichen Vertragsfirmen mehr hier unten.

»Na ja«, sagt Dinah. »Ich musste auf meinen üblichen Frühsport verzichten: Widerlinge vom Gehweg kicken. Ein paar Korridore weiter wohnt einer, der mich dauernd mit einem Granatsplitter abstechen will, um sich meinen StreetPass zu krallen. Der scheint ganz scharf auf einen Tritt in die Wampe zu sein. Ich glaube, er mag mich.«

»Oh«, sagt Rosie. Sie weiß nicht genau, ob sie lächeln soll oder nicht, und zieht fast unmerklich die Mundwinkel hoch.

»Das ist ein Witz«, erklärt ihr Dinah. »Ein bekackter Witz, der eine bekackte Situation herunterspielen soll. Du kannst dich entscheiden zu lachen oder nicht zu lachen. Ist mit dir alles in Ordnung?«

Wenn Rosie bis heute Abend nichts auftreiben kann, wird sie den Entzug verdammt hart zu spüren bekommen. Zittern. Visionen. Wenn sie vor morgen nichts auftreiben kann – sie will gar nicht daran denken.

»Alles in Ordnung«, sagt sie. »Dinah«, sagt sie, »du hast wohl nicht zufällig …«

»Hast du schon wieder kein Hush mehr?«

Rosie nickt.

»Hab ich mir gedacht. Und nein, ich hab keins«, sagt Dinah. »Momentan deale ich nicht. Ist es nicht wert, so schwer, wie man heutzutage auf der Straße an das Zeug rankommt. Tut mir leid. Echt.«

Rosie ist erwachsen. Rosie wird auf keinen Fall weinen.

»Verlier jetzt nicht die Nerven, Rosie.« Dinah krempelt sich die Ärmel ihrer Uniform hoch und öffnet die Kasse. »Wir kriegen das zusammen hin. Es muss nicht wie beim letzten Mal enden. Konzentrier dich nur darauf, den Tag zu überstehen.«

Rosie zwingt sich zu einem Lächeln. Als die ersten Kunden mit dem Bin-am-Verhungern-Blick antanzen, stützt sie sich am Tresen ab.

Das ist das zweite Symptom. Müdigkeit. Müdigkeit, die sich wie eine schwere Decke auf alle Glieder legt und die Sinne betäubt. Man wird so müde, dass sich alle Gedanken darum drehen, wann man sich endlich hinlegen kann, und das ist erst in acht oder zehn oder zwölf Stunden. Aber wenn man sich hinlegt, wird es nicht besser. Es wird schlimmer.

Der Mann in der grünen Jacke kauft jeden Tag eine Portion Fleischfraß und einen Becher heißes Tannin. Er war früher ein bekannter Schriftsteller, irgendwo weit oben, wo niemand hier jemals gewesen ist. Nun kommt er jeden Tag. Rosie fällt sein Name nicht ein. Er kennt ihren.

»Was empfehlen Sie heute, Rosie?«

Nichts. Nichts ist zu empfehlen. In ihrem Kopf ist ein lautes Summen. Sie fühlt es wie eine Fliege, die in den Windungen ihres Gehirns eingeschlossen ist und summend die benebelnde Müdigkeit durchdringt. Schon erkennt Rosie hinter den bekannten Konturen des Tunnels andere Formen.

Rosie setzt ein Lächeln auf und wünscht dem Mann in der einstmals grünen Jacke einen wunderbaren Tag. Dann wendet sie sich dem nächsten Kunden in der Schlange zu.

Es ist wichtig, für sie zu lächeln. Rosie ist ein gutes Mädchen, ein braves Mädchen, das keine Zeit damit verschwendet, von fremden Jungs in fernen Städten zu träumen, die es gar nicht gibt. Deshalb hat Rosie diesen Job. Es ist wichtig, dass man mit den Füßen auf dem Boden bleibt, lächelt und lächelt und jedes Sandwich mit tauben kleinen Stückchen seines Herzens bestreut. Dass man die Leute glücklich macht. Eine Sekunde lang ihren Schmerz aufsaugt. Du gehst mit gehäutetem Herzen durch die Welt, hat Dinah einmal gesagt. Rosie fragt sich, wie man es anders schaffen sollte.

So wirkt Hush. So ist es, wenn man auf Hush ist. Es ist, als hätte man eine harte Hautschicht um das Herz, eine emotionale Rüstung. Die Leute sprechen von Glückspillen, aber das trifft es nicht. Die Pillen machen einen nicht glücklich. Sie verhindern nur, dass man tagtäglich ausflippt und zusammenbricht, wenn man im Fluss menschlichen Leids stehen und Scheiben künstlichen Formfleisches auf Teller schaufeln muss.

Rosie war sechs oder sieben, als sie merkte, dass andere kleine Jungen und Mädchen nicht dieselben Träume hatten wie sie, Träume, die ihr unablässig auch in die Wachwelt folgten. Eine andere Stadt, sanfter, heller und voller Musik; ein anderes Kind, schwarze Augen, lachend, immer bei ihr, seit sie sich erinnern kann, der singende Tonfall so vertraut wie Rosies eigener. Jhayan.

Sie lernte rasch, nicht mit ihm zu reden, wenn jemand anders zuhörte, überhaupt nicht über seine Welt zu sprechen – nicht mit den Erwachsenen und vor allem nicht mit den anderen Kindern, die eine Antenne für alles Fremde haben, die allem Abweichenden blitzschnell auf die Schliche kommen und den Garaus machen. Menschen, die anders waren, fanden sich in Rosies Stadt nicht gut zurecht. Sie rutschten auf die tieferen Ebenen ab und lebten ein Leben, das sehr traurig und sehr kurz war.

In Jhayans Welt schätzte man alles Fremdartige. Man ging nicht einmal denen aus dem Weg, die zu versponnen waren, um zu arbeiten. Immer gab ihnen jemand zu essen, kümmerte sich um sie, bis es ihnen wieder gutging, oder, wenn das nicht geschah, dann eben für immer. Jhayan erklärte ihr das, als sie einmal weinte: Ihre Klassenkameraden hatten sie gehänselt, weil sie so lange in die Luft gestarrt hatte, bis sie gestolpert war.

In Wahrheit hatte sie Jhayan und seinen beiden älteren Brüdern zugesehen, wie sie hinter einem Pärchen hellgrüner Wellensittiche hergejagt waren, in den hängenden Gärten, die dort wuchsen, wo in Rosies Stadt die grauen Schulgebäude standen. Manchmal, wenn sie blinzelte, konnte sie beides gleichzeitig sehen. Häufiger aber lief sie irgendwo gegen, und die Leute lachten sie aus.

Rosie mochte es nicht, wenn man sie auslachte. Sie mochte es überhaupt nicht, im Mittelpunkt zu stehen. In der Wachwelt gab es immer nur Probleme. Sie konnte sich nie auf Routinearbeiten konzentrieren. Was war es schon wert, dass man sich damit beschäftigte, in dieser Welt, in der sie aß, schlief, kackte und die ganze Zeit Angst hatte?

Je mehr sie über Jhayans Stadt erfuhr, desto fremder und furchterregender erschien ihr die eigene.

In Rosies Stadt herrschen die dunklen Töne vor. Schwarzes Brot, graues Fleisch, trübes, übel riechendes Wasser, das aus den Überresten des Bewässerungssystems tröpfelt und nie für alle reicht. Vertreter der oberen Ebenen bewegen sich wie Laserpunkte in hellen sauberen Farben vor den tiefen Schatten, den Schatten von Menschen und nichtssagenden unsäglichen Mensch-Tieren, Konturen in Kohle vor einer Kulisse aus Müll.

Jhayans Stadt dagegen besteht aus Licht. Sanft schimmernde Pflanzen und Wurzeln wabern über Wände, an den Decken Sternbilder aus farbigen Moosen, smaragdblaue Nuancen, saftrote Schattierungen, edle blasse Rosatöne umschmiegen Gebäude, die ihrerseits Lebewesen sind, mit ihrem Wuchs Schutz und Trost schenken. Jede Bürgerin, jeder Bürger ist ein kenntnisreicher Gärtner, jeder Distrikt verfügt über die Mittel, Natur in Kunst und Anspruch zu verwandeln. Bewässerungsingenieure, Genetiker, Pflanzenheilkundler. Apotheker, die wissen, welches Kraut man aufgießen muss, um ein schwaches Herz zu heilen, welche Wurzel destillieren, um es zum Stillstand zu bringen.

»Das will ich machen, wenn ich mal groß bin«, sagte Jhayan einmal, als sie zusammen über das Buschland hinter der neurochemischen Fabrik schlenderten, eins der wenigen offenen Gelände in beider Welten, auf denen sie ungehindert spazieren gehen konnten. Das war, bevor Rosie auf diese Ebene abrutschte, wo es überhaupt keine offenen Flächen gibt, nur bezwungene Menschlichkeit, wütend und willkürlich in den Boden gerammt.

»Es ist die Symbiose«, sagte Jhayan. »Die Pflanzen wachsen mit uns und für uns, und wir können ohne sie nicht überleben, und sie können ohne uns auch nicht leben.«

»Ein bisschen wie du und ich?«, fragte Rosie.

»Ja. Ein bisschen wie du und ich.«

Die Leute, die sich zum Mittagessen vor dem Fleischstand drängen, haben wahrscheinlich noch nie in ihrem Leben frisches Gemüse gegessen. Die nächste in der Schlange ist eine Frau mit rosa Schal, und sie will – was will sie? Nur Fritten. Früher hießen sie Pommes, aber dann hätten sie ja zumindest entfernt etwas mit Kartoffeln zu tun haben müssen. »Fritten« trifft es eher. Wenn man etwas sicher sagen kann, dann, dass sie frittiert sind.

Rosie reicht der Frau mit dem rosa Schal eine Tüte mit halbverbrannten generischen Kohlehydratstäbchen. Die Frau nickt und legt ihre Münzen und zwei zitternde Hände auf den Tresen. Sie erinnert Rosie ein bisschen an ihre Mum oder besser daran, wie sie sich ihre Mutter heute vorstellt.

»Haben Sie – noch etwas anderes?« Sie zieht den rosa Schal, der eng über ihrem Mund liegt, um den Staub aus der Luft zu filtern, ein wenig nach unten. »Etwas für – Sie wissen schon, für den Schmerz. So was.«

Rosie schüttelt schnell den Kopf, blickt nach unten, zählt das Wechselgeld ab.

»Ich habe nur gehört«, sagt die Frau etwas lauter, »ich habe gehört, dass Sie – besondere Zutaten haben, an Ihrem Spezialitätenstand.« Sie kaut an ihrer Lippe. Sie muss von weiter oben gekommen sein, denn niemand, der noch bei Verstand ist, würde diesen Schnellimbiss als »Spezialitätenstand« bezeichnen. Und sie hat das bisher auch nie getan.

»Es tut mir leid, Madam«, sagt Rosie und hebt die Stimme für den Fall, dass die Frau es nicht kapiert. Sie fragt sich, wo Dinah bleibt. Dinah dealt unter dem Tresen mit allem, was sie in ihre fleischigen Hände kriegt, und bisher ist sie auch damit durchgekommen.

Aber Rosie hat weder den Nerv, sich da hineinziehen zu lassen, noch will sie, dass Dinah gefeuert wird. »Die Spezialzutat ist aus«, sagt sie. »Vielleicht könnten Sie es nächste Woche wieder probieren?«

Die Frau sieht aus, als würde sie gleich in Tränen ausbrechen. Die Schlange hinter ihr wird immer länger.

»Miss«, sagt Rosie, nun leiser, ohne das aufgesetzte Lächeln auszuknipsen. »Bitte gehen Sie. Sie bringen uns noch beide in Schwierigkeiten.«

Die Frau mit dem rosa Schal beginnt zu schniefen. Scheiße.

Da stürzt Dinah in den Verkaufsraum, ein Engel mit gelber Schürze, ein strahlendes Lächeln im Gesicht, das keinen Widerspruch duldet. »Es ist Zeit für deine Pause, Rosie«, sagt sie. »Miss – es tut mir leid, wie war Ihr Name?«

»Ich ... ich bin Alice«, sagt die Frau. Sie kramt einen kleinen Flachmann aus der Tasche, nimmt ein winziges Schlückchen und steckt ihn wieder weg. »Es tut mir leid«, sagt sie. »Es tut mir so leid. Das ist so dumm von mir.«

»Überhaupt nicht!«, sagt Dinah und gibt Rosie unter dem Tresen einen Tritt. »Wir wollen doch, dass Sie mit unserem Service hier bei ›Happy Meat‹ zufrieden sind.«

»Es ist nur – ich war im Depot, und – und da hat man mir gesagt, dass Hush auf der ganzen Ebene aus ist, und mir geht es so schlecht ...«

»Sie sehen aus, als könnten Sie einen tüchtigen Schluck heißes Tannin gebrauchen«, sagt Dinah. »Mit drei Würfeln Zucker. Wir haben richtigen Zucker. Wie wäre es damit? Das geht aufs Haus, weil Sie so eine treue Kundin sind.«

Die Frau mit dem rosa Schal strahlt. Dinah weiß immer, wie man eine schwierige Situation rettet. Und sie hat Geduld mit den Durchgeknallten. Vielleicht ist sie deshalb für Rosie in der echten Welt fast so etwas wie eine Freundin.

Anschließend möchte Dinah ihre erste Zwei-Minuten-Rauchpause einlegen.

»Kannst du die Kasse übernehmen?«, fragt sie.

Rosie spürt an der Schädelbasis den Anflug eines Zitterns, spürt, dass die Wände ein- und auszuatmen beginnen, und dahinter sieht sie die schwachen Konturen anderer Gebäude, Traumgebäude, mit Zinnen bewehrt und von einer Sonne geküsst, die Rosie nie zu Gesicht bekommen hat.

»Ich schaff das schon«, sagt sie. »Geh ruhig eine rauchen.«

»Süße«, sagt Dinah, »dir geht es nicht gut. Du brauchst deine Dosis. Hast du gehört, was das alte Mädchen gesagt hat?«

Rosie nickt fast unmerklich. »Kein Hush auf der ganzen Ebene.«

»Genau«, sagt Dinah. »Also, in dem Fall machen wir Folgendes. An der Endstation der Linie 28 ist eine Notfallklinik. Mit dem Shuttlebus bist du in einer Stunde da. Ich höre mit meiner Frühschicht etwas früher auf und bringe dich zur Haltestelle.«

»Dinah«, sagt Rosie, »das ist doch nicht nötig.«

»Ich habe gesagt, ich bringe dich hin«, sagt Dinah und dreht ihr den Rücken zu. »Und jetzt geh wieder vor. Am besten sprichst du mit niemandem. Du kommst schon etwas schräg rüber.« Dinah sieht Rosie genauer an. »Ziemlich schräg.«

Jhayan hat Rosie nie schräg genannt. Niemals.

Wenn sie allein auf der Straße ist, vermisst sie

Jhayan immer am meisten. Vor Hush, vor dem Tag, an dem sie die rätselhafte Tür zwischen ihren Lebensbereichen zuschlug, war Jhayan fast immer gekommen, wenn Rosie ihn innerlich rief, und manchmal auch, wenn sie ihn nicht rief. Als sie etwas älter wurden, hatte sie oft Angst, dass Jhayan auftauchen würde, wenn sie gerade auf der Chemietoilette saß oder eine der peinlicheren Aufgaben für die praktischen Arbeitsmarkttauglichkeitsprüfungen in der Schule ablegen musste. Aber er schien es im Gefühl zu haben, wann er gebraucht wurde und wann nicht.

Einmal, sie war gerade dreizehn geworden, ging sie vom Bunker ihrer Familie zum Rationsdepot, und zwei größere Jungs aus ihrem Distrikt folgten ihr. Sie riefen ihr hässliche Sachen zu, und dann packte sie einer, küsste sie mitten ins Gesicht, hielt sie an den Hüften fest, steckte ihr seine schleimige Zunge so tief in den Mund, dass Rosie dachte, sie würde gleich ersticken. Sie quiekte kurz und hielt dann still. Es war besser, die beiden machen zu lassen, es hinter sich zu bringen.

Da tauchte Jhayan auf.

Rosie hatte ihn noch nie so wütend gesehen. Er brüllte die unflätigsten Schimpfwörter, die Rosie je gehört hatte, und noch ein paar, die sie nicht kannte. Die Jungs konnten ihn nicht hören, aber der Anblick ihres zornigen Freundes brachte Rosie in ihren Körper zurück, und plötzlich wehrte sie sich, biss, stieß mit den Fingern nach Augäpfeln und Eiern, fluchte kreischend in ihrer und in Jhayans Sprache und lachte und heulte, als die beiden wegrannten.

Danach ließen sie alle Jungs in Ruhe. Die meisten Mädchen auch. Sie war schon vorher ein schräges

Kind ohne Freunde gewesen, und nun war sie auch noch verrückt. Rosie war das egal. Sie hatte Jhayan. Sie brauchte niemand anders.

Endlich, endlich, endlich ist die Schicht vorbei, und Rosie zieht ihre Arbeitszeitkarte durch, ohne auch nur auf die Kartennummer zu achten, und geht direkt zur Bushaltestelle. Ihre Beine zittern, denn sie hat nun schon seit zehn Stunden nicht mehr ihre reguläre Dosis genommen. Ein warmes Kribbeln überzieht ihre Haut, als wüchse durch die Haarfollikel feines Fell.

Dinah begleitet Rosie die zwei Kilometer bis zur Shuttlebus-Haltestelle. Rosie schlottern die Beine. Ein paar Arschlöcher hängen an der Haltestelle herum, Kappen und Fratzen wie Brecheisen. Rosie hätte Angst, wenn sie allein wäre, aber das ist sie ja nicht. Dinah legt besitzergreifend den Arm um sie. Die beiden haben sich mal betrunken und so getan, als wären sie Lover. Das hat jedenfalls mehr Spaß gemacht als das hier.

Aber Rosie ist froh, dass sie nicht allein ist.

Andere Kinder dachten sich Freunde aus, aber so einer war Jhayan nicht. Vor allem hatte er einen echten Körper. Zumindest für Rosie. Das merkte sie aber erst mit vierzehn.

Rosie verbrachte damals viel Zeit in der Schule, nicht, dass es sich in guten Noten niedergeschlagen hätte. Sie wusste alles über die geheimen Orte, an denen man sich verstecken und mit seinem unsichtbaren Freund quatschen konnte, ohne dass einen jemand verpfiff. Einmal, am Morgen vor ihrer Abschlussprüfung, war Rosie mit Jhayan auf das Dach des Schulgebäudes gegangen, um über den großen biochemischen Pflanzen die Sonne untergehen zu sehen, und er war vor ihr auf die Mauer geklettert.

In dieser Stadt gab es mehr Platz zum Rennen und Springen, und Jhayan war zwar kleiner, aber stärker als Rosie. Er blickte auf die dreckige Straße unter ihnen, verlor das Gleichgewicht, rutschte ab…

… ihr Herz setzte aus, hing hilflos über leerem Raum, während Jhayan fiel…

… da streckte Rosie die Hand aus, packte ihn am Handgelenk und zog ihn über die Brüstung.

Sie blieben liegen, schweigend, zitternd.

»Du hast mich gerettet«, sagte Jhayan schließlich.

»Ich dachte schon, du stirbst«, sagte sie.

»Ich wusste gar nicht, dass du mich berühren kannst«, sagte er.

»Ich auch nicht«, sagte sie. »Ich war mir nicht sicher…« Rosie schluckte die Worte hinunter. *Ich war mir nicht sicher, ob du wirklich echt bist.*

Jhayan strich mit den Fingern über ihr Gesicht.

Merkwürdig, nun fällt Rosie auch ein, dass sie Jhayan die ersten Male, als sie miteinander spielten, für ein kleines Mädchen gehalten hatte. Es lag nicht nur an seinem langen Haar und seiner hohen Stimme. Alles an ihm war weich und nachgiebig.

Sie blieben den ganzen Tag und die ganze Nacht oben auf dem Dach.

Als Rosie am nächsten Morgen nach Hause kam, waren die Prüfungen vorüber. Sie war durchgefallen.

Sie würde Arbeit auf einer anderen, tieferen Ebene finden müssen. Die Schule war damit erledigt. Rosie rutschte ab, zwei Ebenen, fünf, fünfzehn, tiefer und tiefer. Es war, als sinke sie in schweren Kleidern durch warmes Wasser.

Mehr Körper pressen sich in den Shuttlebus. Plötzlich will Rosie nur noch allein sein.

»Dinah«, sagt sie. »Kannst du jetzt gehen?«

»Sei nicht albern«, sagt Dinah. »Du drehst bald hohl.«

»Steig einfach aus, Dinah!«, brüllt sie lauter als beabsichtigt. Die anderen Leute sehen sich zu ihr um. Ein fester Knoten aus Scham ballt sich in ihrem Brustkorb zusammen, und sie würde sich am liebsten übergeben.

»Dinah.« Sie bemüht sich um einen ruhigen Tonfall. »Ich liebe dich. Bitte geh nach Hause. Ich möchte allein sein.«

Dinah nickt langsam. »Na gut«, sagt sie. »Na gut. Kommst du auch wirklich zurecht?«

Jeder Muskel in Rosies Gesicht schmerzt, als sie es zu einem Lächeln verzieht. »Ich komme klar«, sagt sie. »Geh einfach nach Hause. Wir sehen uns morgen früh.«

Rosie winkt Dinah müde mit zwei Fingern zu, und der Shuttlebus fährt kreischend in den Tunnel. Sie hätte sie nicht anschreien dürfen. Das ist der Entzug. Rosie ist nicht sie selbst. Oder besser gesagt, sie ist sie selbst, und das ist genau das Problem.

Eines Nachts, nicht lang, nachdem Rosie begonnen hatte, durch die dunklen Etagen der Erwachsenenwelt zu rutschen, war sie davon aufgewacht, dass Jhayan sie vom Fenster aus rief. Er stand auf der Straße und brüllte in der Dunkelheit vor ihrem schäbigen Apartment ihren Namen. Seine Stadt brannte.

Rosie zog sich das Nachthemd enger um den Körper und lief barfuß zur Tür, ohne an die hungrigen Fremden zu denken, die auf dieser ihr noch unbekannten Ebene herumlungerten, ohne auch nur an ihr Leben zu denken. Damals rief ihre Mutter sie noch jeden Tag an und versprach Rosie, wenn sie diese neue Hush-Droge ausprobierte, werde sie ihre Beziehungen spielen lassen und Nachschub organisieren. Sie kenne da die richtigen Leute. Es sei strenggenommen nicht legal, aber was sei schon legal? Mit Hush könne Rosie ihr Herz chemisch weich in Watte packen. Den Schrecken des Falls mildern. Hush. Schsch.

In Rosies Straße war es in dieser Nacht, der Nacht, in der sich alles veränderte, dunkel und still, doch durch Jhayans Stadt jagte ein Wirbelsturm aus Lärm.

Lärm und Panik und Menschen. An den Wänden der Stadt pulsierte es blutrot. Die Pflanzen brannten. Die Moose und Farne brannten. Rosie sah in den hellen Glaskörpern von Jhayans Augen die Flammen von einem Gebäude zum nächsten springen.

»Heute Nacht ist es so weit«, sagte er. »Das musst du dir unbedingt ansehen. Es ist wichtig, dass du dir das ansiehst.«

Die Menschen rannten wild durcheinander, weinten, kreischten und fickten. Auf dem bloßen Boden fickten sie, während das Viertel lichterloh brannte. Die Oberschenkel einer Frau schimmerten im nassen Schein der lodernden Pflanzen. Menschen rissen große Asphaltbrocken aus dem Gehweg und warfen sie durch die harten Bioglas-Membranen, die Schaufenster einstiger Läden oder Begegnungsstätten. Andere sahen zu. Sogar Kinder, die Augen vor Aufregung weit aufgerissen, als hätten sie gleich hundertfach Geburtstag.

Rosie hatte gedacht, in Jhayans Stadt herrschte Sanftmut, Beständigkeit. Aber das war Chaos.

»Es ist Krawallnacht«, sagte Jhayan. Rosie zitterte, und das nicht vor Kälte. Warum war er nur so ruhig?

Jhayan nahm Rosies Hand.

»Keine Angst«, sagte er. »Wir machen das alle neun Jahre. Wir verbrennen die Pflanzen, um den Wurzeln

Nahrung zu geben, und dann bauen wir die Stadt wieder auf, nur besser.«

Rosie betrachtete die Zerstörung. Irgendwo in der hellen Nicht-Dunkelheit schrie eine Frau.

»Letztes Mal war ich noch ein Kind. Zu klein, um das zu verstehen. Die Pflanzen brauchen es. Die Menschen brauchen es. Dinge werden möglich. Du sollst auch sehen, wie es geht. Nun bist du bereit.

Du bist bereit, nicht wahr?«

Um sie herum brannte die andere Stadt. Der einzige sichere Ort, den Rosie je gekannt hatte. Das einzig Sanfte und Beständige in ihrer Welt.

Rosie zog ihre Hand weg, als verbrenne sie bei Jhayans Berührung.

Sie floh, lief zurück, die Treppen hinauf in ihr Apartment.

Am nächsten Morgen rief sie ihre Mutter an und sagte, sie sei bereit, die Medizin zu nehmen.

Sie ist wieder in ihrer Welt. Halt dich gut fest am Rand der Welt, wie in einem schwankenden Zug, aus dem du nicht aussteigen kannst. Im Shuttlebus sitzen ein paar Reihen vor Rosie zwei Mädchen mit wasserstoffblonden Haaren, zwei gelbe Köpfe, die aus billigen Wintermänteln schauen. Die Ältere hat den Arm um ihre zitternde Freundin gelegt. Rosie denkt zunächst, dass sie weint, die Schluchzer aufnimmt wie eine Linie Koks auf einem Spiegel und sie mit einem zwanghaften schmerzenden Schniefen hinunterzieht.

Aber nein, sie zittert nur, sie schlottert am ganzen Körper, als hätte er einen kaputten Motor in sich, und ihre Freundin flehe sie an, ihn irgendwie am Laufen zu halten. Sie streichelt sie, tröstet sie.

Die Freundin erinnert Rosie ein bisschen an Jhayan. Nicht vom Aussehen her natürlich, aber er hat auch diesen Gesichtsausdruck. Als stünde er mit ihr auf einer Eisenbahnschiene, sehe einen Zug kommen und wolle sie aus der Gefahrenzone ziehen.

Aber die Gefahr ist schon da. Sie ist im Bus. Sie ist in jedem dieser hohldrehenden Junkies. Zählt mit jedem Herzschlag herunter bis zum völligen Zusammenbruch. Tick-tack, tick-tack.

Rosie spürt, wie die kalte vertraute Furcht ihr in die Glieder kriecht. Es wird Tage dauern, bis sie sich davon erholt hat, selbst wenn die Schlange vor der Klinik kurz ist, und sie fürchtet, dass sie nicht kurz sein wird. Die Hälfte der Leute in diesem Bus hat dasselbe Ziel. Die Droge kann nicht nur in einem Stadtgebiet ausgegangen sein. Es muss mehr als die Hälfte der Stadt betreffen. Was zum Geier ist schiefgegangen?

Vor ihr hat das wasserstoffblonde Mädchen den Arm fest um die Schulter ihrer Freundin gelegt und versucht sie dazu zu bringen, Reste kalter Fleischpampe aus einer Klarsichtfolie zu essen.

Die Klinik brennt, als sie ankommen. Über den Straßenlaternen züngeln natriumgelbe Flammen hungrig gen Himmel, und die Menschen rennen panisch durch die Gegend. Sobald der letzte Junkie aus dem Shuttlebus getaumelt ist, unter ihnen auch Rosie, braust der Fahrer davon. Wer kann es ihm verdenken, hier sieht es wirklich schlimm aus.

Wie viele Menschen sind das? Mindestens hundert, und einige von ihnen haben Steine und Asphaltbrocken in der Hand. Ein kollektives Stöhnen wogt durch die Menge.

»Es gibt keins mehr«, jammert ein Mann in einer

ehemals grünen Jacke. Rosie hat ihn schon mal gesehen, weiß aber nicht mehr, wo. »Kein Hush auf der ganzen Ebene.« Er spricht nicht mit Rosie. Er spricht mit niemandem. Seine Unterlippe hängt schlaff herab, während er in die Menge schlurft. Rosie sieht, dass er schwer auf Entzug ist. Seine Pupillen sehen aus wie Punkte am Ende eines entsetzlichen Satzes.

Alle Fenster an der Vorderseite der Klinik sind eingeschlagen, und dicker, ätzender Rauch brodelt heraus. Etwas da drin brennt, das nicht brennen sollte, sie sollten nicht hier stehen und es einatmen. Sind alle rausgekommen? In jedem Depot arbeiten Leute, auch in der Nacht.

Die Luft im Tunnel hat Bluttemperatur, und es fühlt sich an, als wäre die gesamte Welt eine Fortsetzung von Rosies Körper, als strömte sie aus ihrer Haut, erstickte sie in ihrem eigenen Fleisch. Eine Frau mit rosa Schal wirft etwas glänzend Metallisches in die Luft, fängt es wieder auf und schleudert es durch ein Fenster im ersten Stock, und Rosie spürt die Glasscherben mit jedem zitternden Quadratzentimeter ihrer Haut.

Da berührt sie eine Hand.

Eine warme, trockene, schlanke Hand, die ihre Finger fest mit den ihren verflicht. Sie sieht sich nicht um.

»So geschieht es«, sagt Jhayan. »So fängt es an.«

Rosie nimmt einen tiefen Atemzug. Sie hält seine Hand ganz fest, während sie zusehen, wie das Depot verbrennt.

»Bist du jetzt bereit?«, fragt Jhayan.

Schon treffen mehr Menschen ein. Das Feuer greift auf das nächste Gebäude über und auf das übernächste.

Und Rosie spürt den Entzug, er kocht um den Mund

und die Nase hoch, erreicht seinen Höhepunkt, flaut ab und lässt sie fest auf beiden Beinen stehend zurück.

Hinter den Flammen erkennt sie die Formen einer Stadt, und es ist nicht ihre Stadt, und es ist auch nicht die andere Stadt.

Es ist die künftige Stadt.

Sie begegnet Jhayans Blick und grinst, breit und schräg und echt.

»Ja«, sagt sie. »Ich bin bereit.«

Es ist Krawallnacht.

Wie man seine Gefühle isst

Kira erwacht am Morgen vor der Prüfung aus Albträumen. Keuchend schreckt sie auf, noch tief im Schlaf verfangen. Das passiert jedes Mal. Es passiert vor jeder Prüfung. Und es ist immer derselbe Traum.

Sie sitzt in einer großen Halle und dreht mit dreitausend anderen Schülern ihr Arbeitsblatt um, damit man sie sortieren, damit man sie aussondern kann. Damit klar ist, wer etwas taugt und wer zur Arbeit in die Polymerfabriken geschickt wird. Kira dreht ihr Arbeitsblatt um.

Es ist leer.

Der Tisch unter ihr wummert rot, pulsaderrot, versagerrot. Die Alarmglocken schrillen, und ihr Herz hämmert wie ein Gong: nicht bestanden nicht bestanden. Die Prüfungsbeamten bringen sie aus der Halle. Mr Freek ist da, ihr Lieblingslehrer. Er sagt, er sei so enttäuscht, sie habe ihn enttäuscht, ihre Oma enttäuscht, ihre Mutter enttäuscht, sich selbst enttäuscht, und es könne jetzt nur noch abwärts gehen, abwärts, abwärts …

Kira setzt sich auf.

Heute nicht. Heute kann es nur aufwärts gehen.

Kira trinkt das Glas Wasser, das sie sich am Vorabend schon hingestellt hat. Trinken ist wichtig für die Konzentration, aber man muss rechtzeitig damit anfangen, wenn man nicht während der Prüfung auf die Toilette rennen will. Sie nimmt die Kette mit Opa Baes Knochenanhänger, die zusammengekringelt auf dem Nachttisch liegt, streift sie sich über den Kopf und steckt sie unter die Bluse.

Der Anhänger ist kalt auf ihrer Haut. Sie darf ihn nur an besonderen Tagen tragen. Heute ist ein besonderer Tag.

Kira geht hinunter in die Küche.

Auf Kiras Haferbrei liegt ein Haar, lang, rot und glatt: Es gehört ihrer Großmutter und ringelt sich auf dem Brei wie eine Garnierung. Oma Ammy hat Kira den Rücken zugekehrt und bügelt die Falten ihres silbergrauen Schulrockes.

»Hast du auch genug geschlafen?«, fragt Oma und gießt ihr ein Glas warmes Wasser ein.

»Klar«, sagt Kira. »Und meine Sachen sind schon alle gepackt.«

»Gut«, sagt Oma. »Braves Mädchen. Was du lernst in schlafloser Nacht…«

»… ist weg, sobald du aufgewacht«, beendet Kira den Satz. Oma kennt alle möglichen Sprüche und Eselsbrücken, die meisten über das Lernen. Nicht, dass Kira sie brauchte: Sie ist bei Prüfungen regelmäßig die Jahrgangsstufenbeste, sogar in Algebra. Ihre Uniformjacke ist gepflastert mit Verdienstansteckern. Aber heute ist ein spezieller Tag. Es kann nicht schaden, heute besonders gut vorbereitet zu sein.

»Möchtest du, dass ich dir die Haare richte?«

»Ja, bitte«, sagt Kira. Die äußere Erscheinung macht schon zehn Prozent der Note aus. Die Arbeitsmarkttauglichkeit ist in der Zentralmeritokratie ein ganzheitliches Konzept. Die Jungs müssen mit gekämmten Haaren und geschlossenem Hosenstall erscheinen, und das war es im Grunde auch schon. Für Mädchen ist es viel komplizierter. Vor allem für Mädchen wie Kira.

Oma hat den Brennstab auf dem Heliumherd erwärmt. Nun zieht sie ihn vorsichtig durch Kiras Haar und formt aus den geglätteten Strähnen einen sauberen Knoten. Es ziept, aber es ziept noch viel mehr, wenn Kira es selbst macht. Bei Mutter ist es völlig schmerzlos, doch Mutter ist weit weg, arbeitet als Juristin auf Triton. Bis zum nächsten Jahr wird sie genug Kapital angespart haben, um sich auf eine Stelle als Bezirksbeamtin zu bewerben. Es ist völlig ausgeschlossen, dass sie sich drei Wochen für die Hin- und Rückreise freinimmt, um am ersten wichtigen Prüfungstag ihrer jüngsten Tochter dabei zu sein.

»Hast du auch genug gegessen?«, fragt Oma. Sie vermeidet es, Kiras Haferbrei anzusehen. Das schimmernde Haar klebt an der Wand der Schale.

So ist das also. Sie hat es absichtlich auf den Brei gelegt. Es ist eine vertrauliche Geste, die Oma nicht gern an die große Glocke hängt. Daher sagt Kira nichts, sondern trinkt das warme Wasser, Schluck für Schluck, während Oma weiter an ihren Haaren zieht.

»Gut«, sagt Oma. »Viel Glück, mein Mädchen. Nicht, dass du es brauchtest.« Sie gibt Kira einen kurzen trockenen Kuss auf die Stirn und bürstet ihr die Vorderseite der Jacke ab. Oma ist der einzige Mensch in der Familie, der größer ist als Kira.

»Denk dran, Lippen über die Zähne«, sagt sie und bedenkt Kira mit einem breiten nervösen Lächeln, das ihre langen Proto-Fangzähne zum Vorschein bringt, geschwungen und gelb vom Teetrinken.

Oma ist reinrassig und konnte ihre Zähne daher noch nie verbergen. Kira dagegen sieht, wenn sie die Lippen geschlossen halten kann, völlig normal aus.

»Danke, Oma«, sagt Kira. »Ich schaffe das schon.«

Das ist die erste Lüge dieses Tages.

Als Oma den Raum verlassen hat, taucht Kira den Löffel in den letzten Rest Brei und isst das Haar. Es bleibt kurz in ihrer Kehle hängen, glatt und spitz. Es schmeckt bitter, nach Liebe und ein bisschen auch nach Angst.

Jojo wartet an der Ecke, wie immer, als wäre es ein Tag wie jeder andere. Er trägt seine gute Uniformjacke, auf deren Revers ein einziger Verdienstanstecker prangt. Er hat ihn vor drei Jahren für Kreativität bekommen.

»Ich falle bestimmt durch«, sagt er zur Begrüßung. »Ich weiß es. Ich habe alle Probeprüfungen gemacht, aber mein Gehirn war jedes Mal wie leergefegt.« Er beißt an den Nägeln und blinzelt in die blasse Morgensonne.

»Es sind die Jahreszahlen«, sagt er. »Ich kann mir keine Jahreszahlen merken. Ich habe mit meinen Spezialstiften eine große Mindmap gemalt, mit den wichtigen Jahreszahlen von der Kolonialzeit bis zur Integration, aber heute Morgen ist mir keine einzige mehr eingefallen.«

»Red keinen Unsinn«, sagt Kira. »In einem Monat sitzen wir nebeneinander in der Höheren Schule, du wirst schon sehen.«

»Woher willst du das wissen?«, sagt Jojo. Sie durchqueren den dichten Wald aus Häuserblocks in Richtung Zentrum. Kira und Jojo gehen zusammen in die

Schule, seit Jojos Familie vor acht Jahren vom Triton in die Kapitale zog.

»Weiß ich eben«, sagt Kira. »Ich weiß alles, schon vergessen?«

Sie deutet auf ihre eigenen Verdienstanstecker, dreiundvierzig an der Zahl. Man könnte die Uniformjacke damit an den Magnethalter im Badezimmer hängen. Jojo grinst.

»Kann schon sein«, sagt er. »Du bist immer so unheimlich klug.«

»Stimmt«, sagt sie. »Ich bin das Mädchen, das jede Frage beantworten kann. Und die Antwort lautet diesmal, dass du heute nicht durchfällst. Konzentriere dich auf die Fragen, eine nach der anderen, damit du keinen Blackout hast.«

Jojo starrt auf die vorüberfahrenden Fahrzeuge.

»Du schaffst das schon«, sagt Kira.

Das ist Kiras zweite Lüge an diesem Tag.

Jojo schafft es wahrscheinlich nicht, und beide wissen das. Er ist in fast jedem Fach in der untersten Leistungsgruppe, außer in Kreativität, und es gibt nicht allzu viele Jobs, für die Pappmachébasteln eine wichtige Voraussetzung wäre, zumindest nicht für die Kids aus der Innenstadt. Wenn seine Eltern nicht Zahnärzte wären, hätte man Jojo wohl schon längst auf eine andere Schule abgeschoben, eine Berufsfachschule, was eine freundliche Umschreibung dafür ist, dass die Absolventen in den Polymerfabriken landen.

Jojo würde es in einer Polymerfabrik keine fünf Minuten aushalten, mit seinem zarten Körper und seinen eigensinnig umherschweifenden Gedanken. Hätte Kira nicht immer ein Auge auf ihn gehabt, wäre er wahrscheinlich schon vor Jahren auf dem Schulweg unter die Räder gekommen, als er mal wieder in den Himmel guckte, statt auf den Verkehr zu achten.

»Ich schätze, du hast Recht«, sagt Jojo. »Ich schätze, das wird schon. Wenn nicht, kommst du mich mal besuchen, ja?«

Kira bleibt stehen, nimmt Jojos Hand und drückt sie. »Das muss ich gar nicht«, sagt sie, »weil du ja bei mir sein wirst. Höhere Schule, Abschlussvorbereitung, Jobqualifizierung, Anstellung in der Kapitale. Wir ziehen in denselben Wohnblock!«

Sie sagt nicht, in dieselbe Wohnung. Sie hat schon zu viel gesagt. Sie darf es nicht zu weit treiben, dieses Spiel, das sie schon seit fünf Jahren spielen. Wenn sie so tun, als würde man sie nicht aussondern und sortieren, für immer.

Jojos Hand ist in Kiras sehr klein. Seine Nägel sind völlig abgekaut, rot, offen und schorfig. Jojo bemerkt ihren Blick und grinst.

»Weißt du noch, wie du mal an meinen Nägeln gekaut hast?«, sagt er.

»Natürlich«, sagt Kira. Unvermittelt schießt ihr das Blut ins Gesicht.

Wie könnte sie sich nicht daran erinnern?

Sie waren acht Jahre alt damals, und Jojo war den ersten Tag in der Klasse, ein schmales Hemd von einem Halb-Tritonier, der seine Arbeitsblätter mit Dinosauriern und Einhörnern vollmalte. Kira konnte ihren Blick nicht abwenden. Damals wusste sie noch nicht, dass seine Familie in ihrer Straße wohnte. In dieser ersten Freiarbeitsstunde landeten sie nebeneinander, weil keiner von ihnen einen Banknachbarn hatte. Jojo hatte keine Freunde, weil er neu war, und Kira hatte keine Freunde, weil …

… na ja, weil sie Kira war.

Kira ist intelligent. Sie kann nichts dafür. Sie streckt

immer als Erste die Hand hoch, kann als Erste antworten, schafft es bis zur Spitze ihrer Klasse, denn die hohe Rangstufe braucht man, die Rangstufe entscheidet über das Schicksal. Kira würde wohl auch mit schlechteren Leistungen durchkommen, wenn sie klein, hübsch und reinrassig menschlich wäre, aber das ist sie eben nicht.

Kira ist groß und breit wie Oma, und egal, was sie tut, sie fällt auf. Als sie in die zweite Klasse kam, war sie schon größer als ihre Mutter. Mutter hat ihre Körpergröße von Opa Bae geerbt, der so klein war, dass er auf Omas Knie sitzen konnte, während sie ihm die verstümmelte Hand hielt. Manchmal, sagt Oma, überspringt es einfach eine Generation. Nornenblut, Koboldgene. Du musst dann eben besonders hart arbeiten.

Kira arbeitet hart. Sie ist der Inbegriff einer Musterschülerin. Jojo ist alles andere als ein Musterschüler.

Schon im ersten Jahr hatte er Schwierigkeiten, *b*, *d* und *p* auseinanderzuhalten. Kira und er verbrachten die Freiarbeitsstunden damit, die Fehler auf seinen Übungsblättern zu verbessern. Jojo biss sich immer die Nägel ab, wenn er sich besonders anstrengte, und seine Blätter waren mit kleinen braunen Nagelfetzen übersät.

»Ich kaue auch gern an den Nägeln«, sagte Kira eines Tages zu ihm. »Ich kann mich dann besser an bestimmte Sachen erinnern.«

»Wenn du meine Nägel abbeißt, kannst du dich dann für mich an Sachen erinnern?«, fragte Jojo.

»Vielleicht«, sagte Kira. »Ich müsste es ausprobieren.«

Feierlich hielt ihr Jojo einen Finger hin. Er hatte überhaupt keine Angst vor ihren Proto-Fangzähnen, vor den Haaren, die ihr schon aus dem Kinn sprossen. Sie führte den kleinen knorrigen Finger an ihren Mund und biss ein winziges Stück Nagel ab.

Kira wusste, dass sie das nicht durfte. Oma hatte ihr immer eingeschärft, dass sie von einem Jungen, den sie mochte, auch nicht das kleinste Stückchen essen durfte, nicht, bevor sie verheiratet waren.

Sie biss in den Nagel, und die Geschmacksnuancen überschwemmten ihre Zunge. Honig, Salz und Angst, grelle Farben und Bilder. Aus Rotz und Nägeln konnte man Abdrücke frischer Erinnerungen gewinnen. Jojos Gedanken waren das reinste Chaos aus Gefühl und Bewegung. Einhörner galoppierten durch Tuschewälder, Wasserfarbendinosaurier zogen über die jahrmillionenalte Berglandschaft des Triton. Kein Wunder, dass in diesem Gehirn kein Platz für das Einmaleins war. Kira schwelgte in den Erinnerungen und lief bis in die Zehenspitzen rot an.

Als sie sich wieder besann, waren sie von einer johlenden und tobenden Jungsbande umstellt. Harley Adams war dabei, der größte Junge in ihrer Klasse und der einzige, der größer war als Kira. Er war das Schlusslicht, was wohl mit erklärte, warum er Kira so hasste.

Die Jungs schnappten sich Jojo. Sie hoben ihn hoch über ihre Köpfe, zogen an seinen Haaren, zerrten an seinen Kleidern.

»Koboldficker!«, meckerten sie. »Spargel! Zwerg! Schwuchtel!«

Kira sprang auf und ging brüllend auf Harley Adams los. Sie schlug ihm ins Gesicht, schmeckte Blut, Wut, Scham, ihre, seine. Sie fletschte die Fangzähne, warf ihn zu Boden, knurrte ihn an und presste ihn in den Dreck, bis die Lehrer angerannt kamen.

Es war das einzige Mal, dass Kira nachsitzen musste. Oma wurde einbestellt und sprach eine Woche lang nicht mit ihr. Aber das war es wert. Es war sogar den Notenabzug wert. Abgesehen von diesem Zwischenfall war Kiras Schullaufbahn makellos.

Bis heute.

An dieser Ecke biegen sie normalerweise rechts ab in den Dieselgestank der Straße, die zu ihrer Schule führt. Heute gehen sie nach links. In einer Viertelstunde müssen sie im Prüfungszentrum sein. Kira lässt Jojos Hand los. Das Zentrum ist gleich um die Ecke; man sieht schon die blassen Turmspitzen aus Beton, die sich über die kompakten Wohnblocks von Sektor B erheben.

»Ein Gutes hat das heute ja«, murmelt Kira. »Harley Adams sehen wir wahrscheinlich nie wieder.«

Jojo verzieht den Mund zu einem Lächeln, doch seine Augen sind woanders, verloren im Labyrinth aus Jahreszahlen und Namen, in dem er sich nie zurechtfinden wird.

Die Kids nennen es das »Sensentor«. Man stirbt zwar nicht, wenn man es nicht durch die Schleuse schafft, aber man darf die Prüfungen nicht ablegen, und wer die Prüfungen nicht ablegt, bekommt keine guten Noten, landet automatisch auf den unteren Leistungsrängen und muss sich später mit einem Job zufriedengeben, der gefährlich, widerlich, kriminell oder alles drei ist. Die Rangstufe entscheidet über das Schicksal. Wie nennt man das, wenn einem die Zukunft abgewürgt wird?

Die Stufen zur Eingangshalle sind aus glattem Marmor, der im kraftlosen Morgenlicht grau schimmert.

Ein Menschenmädchen geht in die Schleuse und wird zügig gescannt. Der Scanner blinkt grün.

Die Schleuse öffnet sich. Sie ist drin.

Nach ihr kommt, direkt vor Jojo, ein tritonischer Junge mit übergroßen Ohren. Seine Jacke ist offen, und Kira sieht, dass er zittert, entweder aus Angst oder weil er verbotene Aufputschmittel genommen hat. Der Junge presst die Augen zusammen, geht in die Schleuse und sagt seinen Namen. Der Laser-Scanner fährt sehr, sehr lange über seinen Körper. Dann blinkt er rot, rot, mordrot.

Der Beamte an der Schleuse legt, nicht unfreundlich, dem Jungen die Hand auf die Schulter und führt ihn hinaus.

Die Lehrer sagen, man brauche nur Selbstvertrauen, um durch die Schleuse zu kommen. Das sichere Gefühl, etwas Besonderes zu sein. Es ist schwer zu sagen, ob sie die Kids anlügen oder sich selbst, denn, seien wir ehrlich, wer will schon vor einer Klasse stehen und zugeben, dass die ganze Auswendiglernerei nichts nützt, wenn man nicht das richtige Aussehen oder den richtigen Akzent oder die richtigen Eltern hat? Schon die bloße Vorstellung würde die Doktrin der Meritokratie Lügen strafen, ja, sie grenzte an Blasphemie. Und kein Lehrer, der an seinem Job hängt, macht sich der Blasphemie schuldig.

Natürlich kann man die Prüfung immer noch wiederholen. Die Doktrin der Meritokratie sieht eine zweite Chance vor. Aber wessen Familie hat schon das Geld für eine Wiederholungsprüfung? Kiras jedenfalls nicht.

Kira drückt Jojos Hand und spürt den Bruchteil einer Sekunde seine abgekauten Nägel auf ihrer

Handfläche. Sie sieht ihrem Freund nach, der in die Schleuse geht.

Der Scanner fährt über Jojos Körper und über die Hosentaschen, die mit Glücksbringern vollgestopft sind.

Es blinkt grün.

Jojo sieht sich mit freudig aufgerissenen Augen zu Kira um und verschwindet in der großen Eingangshalle.

Nun ist Kira dran.

Das Sensentor hat die Form eines senkrecht stehenden Sargs, matt und grau und abweisend. Kira geht hinein und umklammert ihren Knochenanhänger, damit er ihr Glück bringt. Der Beamte nickt ihr zu, und sie räuspert sich.

»Kandidatin 19378. Kira Bae Ramsey.«

Sie spricht den Namen deutlich aus, achtet darauf, jeden Anflug eines Akzents zu vermeiden. Oma Ammy spricht zu Hause natürlich niemals Nornisch, außer, wenn sie mit ihrer Schwester telefoniert. Sie hat immer darauf geachtet, dass keins der Kinder oder Enkel ihre Muttersprache lernt, und sie gibt ihnen bis heute mit ihrer schwieligen Hand einen Klaps auf den Po, wenn sie Konsonanten verschlucken, auch wenn ihnen das Ärger mit den Nachbarjungs ersparen könnte. Die Hochsprache ist genau der Faktor, der sie von den Nachbarskindern unterscheidet. Sprache und Bildung. Oma ist in Sachen Bildung ein echter Tyrann.

Kira schließt die Lippen fest über den Zähnen, während der Scanner sie abtastet, die gestärkten Falten ihres Rocks, die sauber umgeschlagenen Ärmel ihrer Jacke, das sorgsam frisierte Haar, das Kinn und die Augenbrauen, die ihr Oma mit der heißen Pinzette gezupft hat, vor zwei Tagen schon, damit die Schwellung rechtzeitig zurückging.

Man kann vorher nie genau wissen, welche Entscheidung der Scanner trifft. Man kann nur raten. Die privaten Tutoren, die behaupten, sie könnten den Kids den Trick verraten, wie sie innerhalb von Sekunden durch die Schleuse spazieren, sind Schwindler.

Die Laserstrahlen wandern über Kiras breites Kinn und kriechen hinunter zu ihren Oberschenkeln, die immer aneinanderreiben und daher ein bisschen schwitzen, da kann sie machen, was sie will.

Es geht darum, dass man sich anpasst. Es geht darum, dass man aufsteigt. Man passt sich an, indem man die Regeln befolgt, und man steigt auf, indem man den Moment erkennt, in dem sich die Regeln ändern. Bildung. Assimilation. Jede Generation hat die Chance, eine Stufe nach oben zu klettern.

Der Scanner blinkt grün. Die Schleuse öffnet sich.

Kira atmet einmal tief durch.

Die Luft in der Prüfungshalle schmeckt nach Schweiß und Panik. In Kiras Schule werden die wöchentlichen Rangstufentests in der Turnhalle abgehalten, doch diese Halle ist viel größer, offizieller: Sie bietet Platz für dreitausend Teenager aus dem gesamten Sektor B.

Jeder Tisch steht in einem Würfel aus Milchglas, der rot leuchtet, wenn eine Schülerin durchfällt, grün, wenn sie besteht. Wie sie alle da sitzen, bilden sie ein Mosaik aus stummer Angst. Kira nimmt ihren Schwebefüller aus der Tasche, mit dem man leichter und schneller schreiben kann. Mutter hat ihn aus dem fernen Triton geschickt, anstelle eines Besuchs.

Kira sieht zu Jojo nach vorn, der seine Glücksmaskottchen vor sich auf dem Tisch verteilt. Sie macht ihm mit erhobenen Daumen Mut.

Hinten in der Halle sitzen sämtliche Lehrer aus den Schulen der Umgebung. Mr Freek ist auch da, dünn wie ein Bleistift in seinem Nadelstreifenanzug. Als er Kiras Blick bemerkt, lächelt er ihr breit und freundlich zu.

Die Schulbeamtin tritt vor. Ihre Jacke ist grau, ihr Haar ist grau, und ihr Gesicht ist grau, grau, grau.

»Schülerinnen und Schüler«, sagt sie. »Ihr dürft nun eure Blätter umdrehen. Ihr habt drei Stunden Zeit für die Prüfung.«

Adrenalin erfüllt die Luft. Kira schmeckt es am Gaumen ihres knochentrockenen Mundes. Sie leckt sich die Lippen…

»Es ist zehn Uhr fünf. Ihr dürft anfangen – jetzt.«

Ein raschelndes Räuspern; dreitausend Schülerinnen und Schüler drehen gleichzeitig ihre Prüfungsbögen um. Kira überfliegt die erste Seite.

Geschichte und Kultur des Sigma Cluster, Drittes Millennium der Post-Hyperdrive-Ära (PHÄ). Prüfungsziel: Die Schülerin / der Schüler beweist eine gründliche und sachgemäße Kenntnis der jüngsten imperialen Geschichte und der Entwicklungen im intergalaktischen Handel und in der Kultur.

Bitte schwarze oder blaue Tinte verwenden.

Beantworte alle Fragen in Teil A, und schreibe eine Erörterung unter Berücksichtigung der Quellen in Teil B.

Es wird eine Durchschnittsnote ermittelt. Sie geht in die Gesamtpunktzahl ein, auf deren Basis die Rangstufe für die Arbeitsmarkttauglichkeit ermittelt wird.

Teil A: Auswahlfragen.

Kira atmet erleichtert auf. Multiple Choice! Das wird leicht. Sogar Jojo kann solche Fragen beantworten. Kira überfliegt die erste Seite; es sind Fragen zum Handel mit Nutztieren zwischen Triton und Beta 5, der wichtigsten Exportware in den Kapitalendistrikten.

Kreuz, Kreuz, Kreuz. Kira weiß die Antwort. Sie weiß immer die richtige Antwort.

Frage 14.

In welchem Jahr wurde das erste tritonische Mitglied in den Hohen Rat gewählt?

a) Galaxis-Zentralkalender 2589

b) Galaxis-Zentralkalender 2545

c) Galaxis-Zentralkalender 3545

d) Im Jahr des Statistisch Signifikanten Marktüberschusses von Fisch.

Kira kreuzt b) an und lächelt in sich hinein. Sie sieht zu Jojo hinüber, dessen Tisch mehrere Reihen vor ihr mit Glücksbringern überhäuft ist. Jojo kann diese Frage beantworten. So gut wie jede tritonische Familie hat in ihrem Hausschrein eine 2545-Gedenktafel.

Frage 21.

Die wichtigste Exportware der nornischen Kolonien in der präintegratorischen Epoche war:

a) Rhodium

b) Kupfer

c) Kunst und Musik

Kira lässt den Füller ein paar Zentimeter über dem Papier schweben und zieht den Atem durch die Schneidezähne ein.

Sie kennt auch die Antwort auf diese Frage. Jedes Kind weiß, dass die Lieder, Klöppelspitzen und Glasskulpturen der Kobolde bis heute wichtige Exportgüter sind und zum kulturellen Austausch zwischen den Völkern des Sigma Cluster beitragen. Das ist ein Zitat. Sie hat es letzte Woche auswendig gelernt.

Aber es kommt darauf an, was man unter »wichtig« versteht. Wichtig für wen? Es fehlt d): Sklaven.

Kira kreuzt c) an. Das ist Kiras dritte Lüge an diesem Tag. Sie blättert um. Sie ist schnell, liegt gut in der Zeit. Es ist nur noch der Aufsatz zu schreiben.

Frage 22.

Erörtere die kulturelle Akklimatisation des nornischen Volkes in kolonialer und postkolonialer Zeit. Beziehe dich auf die folgenden historischen Quellen.

Quelle 1:

Auszug aus dem Logbuch des Kapitäns, Galeerenraumschiff Sigma-Delta-32, Galaktischer Zentralkalender 2328, Germinal 11.

»Besatzungsmitglied Linus ist tot. Er schlief mit einer Nornin. Das muss man nicht gutheißen, aber junge Männer tun so etwas eben. Nun allerdings sind sämtliche Beziehungen dieser Art verboten – nicht, dass man es den Männern noch sagen müsste, nachdem sie gesehen haben, was von Linus übrig blieb. Er verblutete, ehe wir ihm helfen konnten.

Wir haben umgehend Krisenverhandlungen mit den Dorfältesten aufgenommen. Sie haben uns angeboten, ein Fest für uns auszurichten, um die Spannungen abzubauen und den Verhandlungsprozess zu erleichtern.«

Quelle 2:

Auszug aus dem Logbuch des Kapitäns, Galeerenraumschiff Sigma-Delta-32, Galaktischer Zentralkalender 2328, Germinal 14.

»Die Nornen haben ein Festmahl im typisch rustikalen Stil für uns bereitet, und wir waren zunächst erfreut – sogar die Schiffsköche und die Kombüsenmannschaft nahmen am Tisch Platz. Es war fade vegetarische Kost, schlichter Hafer, Mais und Gemüse, alles völlig totgekocht, aber wir leben ja auch schon lange von immer den gleichen Schiffsrationen.

Man stelle sich unser Entsetzen vor, als wir bei den ersten Bissen feststellten, dass sie die widerwärtigsten Ingredienzien enthielten – oh, es ist unbeschreiblich. Ich nahm einen Löffel Mais in den Mund und merkte, dass er voller Zehennägel war. Erschrocken sprang ich auf und ließ die Sanitäter den Rest der Mahlzeit untersuchen. Sie enthielt jede erdenkliche Art von Körperflüssigkeiten und Hornteilen. Rotz, Blut und Haare und wahrscheinlich auch Pisse und Scheiße. Wenn ich nur daran denke, kommt es mir schon wieder hoch.

Wir wussten, dass die Nornen unsere Anwesenheit nicht ohne Gegenwehr dulden würden. Allerdings gingen wir nicht davon aus, dass sie solch subtiler Impertinenz fähig sind. Ich habe sofort reagiert und angeordnet, zwölf Nornen hinzurichten, einen aus jeder der führenden Familien im Dorf.«

Quelle 3:

Auszug aus dem Logbuch des Kapitäns, Galeerenraumschiff Sigma-Delta-32, Galaktischer Zentralkalender 2328, Germinal 16.

»Wir erwarteten Widerstand gegen die Exekutionen. Doch die Kobolde standen nur da, sahen zu und ließen sich von den Wachen zurückhalten. Wir warfen die Leichen – schwere, stämmige und haarige Kreaturen – in ein Massengrab außerhalb des Dorfes. Am nächsten Morgen allerdings mussten wir feststellen, dass das Grab ausgehoben worden war, die Leichen gestohlen. Als wir in die Hütten gingen, um nach ihnen zu suchen, fanden wir – nun ja.

Gleich in der ersten Hütte hielten sämtliche Familienmitglieder ein grausiges Festmahl ab. Die Witwe – sofern es überhaupt eine Frau war; nach sechs Monaten fällt es mir immer noch schwer, diese viehischen Norninnen von ihren Männern zu unterscheiden – aß gerade das Herz. Aß es roh, das Blut troff ihr vom haarigen Kinn, die Augen waren verschleiert in einem, ja, ich kann es nur als Blutrausch bezeichnen. Als wir ihr das Herz abnehmen wollten, kreischte sie wie am Spieß.

Wir waren zu spät gekommen, um die Kannibalenorgie gänzlich zu unterbinden. Was von den Leichen übrig war, wurde entfernt und mit Ätzkalk unschädlich gemacht.

Nun ist klar, dass wir von falschen Voraussetzungen ausgingen, als wir diese Wesen zunächst als zivilisiert und grundsätzlich freundlich beurteilten. Sie sind nichts dergleichen.

Ich habe dem Rat offiziell empfohlen, noch einmal zu überdenken, ob Gebietsverhandlungen mit den Nornen überhaupt sinnvoll sind. Wir können nicht davon ausgehen, dass ein Kannibalengeschlecht solche Verhandlungen vernünftig führen kann. Ich würde stattdessen eine Annektierung empfehlen.

Ich habe auch empfohlen, die klügsten Nornenkinder unter sechs Zyklen aus ihren Familien zu entfernen und anderswo zu erziehen, vorzugsweise auf Sigma. Es ist nicht zu spät, diese Jungen und Mädchen vor der Unzivilisiertheit ihrer Sippe zu bewahren. Wir werden für sie tun, was in unserer Macht steht.«

Quelle 4:

Aus *Koboldlogik* von Professor Nala Ty Lagel (später wegen Verstoßes gegen die Forschungsgrundsätze exekutiert). Galaktischer Zentralkalender 2450, Brumaire 29.

»Man begriff erst viel zu spät, dass die Nornen über eine besondere, eine einzigartige Empfindsamkeit verfügen. Als Psychophagen kommunizieren sie psychoaktiv über Geschmack und Verdauung. Massenproduzierte Nahrung ist daher für reinrassige Nornen meist unverträglich: Ein Bissen Fleisch vermittelt ihnen den Schmerz und die Angst, die das Tier in seinen letzten Momenten empfand. Ein Keks weckt die Erinnerung an Tausende winziger Insekten, die auf dem Zuckerrübenfeld Giften zum Opfer fielen. Ein Fertiggericht schmeckt nach der Angst der Fabrikarbeiterin vor den Schlägen ihres Mannes.

Aus diesem Grund ist eine Mahlzeit, die entbehrliche Körperbestandteile enthält, Ausdruck des höchsten Respekts, den Nornen einander erweisen können, und somit Bestandteil jedes größeren Festmahls. Und aus diesem Grund starben auch die ersten nornischen Gefangenen, als sie die zugeteilte Nahrung in der Kapitale zu sich nahmen. Sie wurden von Traurigkeit vergiftet. Sie starben an gebrochenem Herzen.

Aus eben diesem Grund ist noch Jahre, nachdem das Kannibalismus-Tabu aus der höflichen Konversation verschwunden ist, der Spruch ›Speise nie mit einem Nornen‹ bis heute in Gebrauch. Wer einen nornischen Freund zum Abendessen einlädt – so er einen hat –, offenbart ihm alle seine Geheimnisse …«

Eine dicke harte Faust drückt fest und immer fester auf Kiras Magen. Etwas Scharfes, Saures drängt nach oben in ihre Kehle. Es schmeckt seltsam. Es schmeckt nach Zorn.

Kira verliert das Bewusstsein.

Als sich der Nebel lichtet, hängt sie mit dem Kopf über einer Kloschüssel. Der Knochenanhänger ist ihr aus der Bluse gerutscht und baumelt wild hin und her. Mr Freek steht über ihr und tätschelt ihr die Schulter.

Er reicht ihr eine Flasche Wasser, aus der sie trinkt, ohne nachzudenken: Die Hände ihres Lehrers sind verschwitzt, und der Flaschenhals schmeckt nach Hormonen und dem Parfüm seiner Handcreme. Lavendel und Oxytocin. Kira nimmt verschwommen wahr, dass Mr Freek in der letzten Nacht Geschlechtsverkehr gehabt haben muss. Das überrascht sie.

»Es ist alles gut, Kira«, sagt Mr Freek. »Du kannst wieder hineingehen. Es ist alles gut.«

Nichts ist gut. Kira kann es schmecken. Sie ist die beste Schülerin, und sie wird die Prüfung in den Sand setzen. Sie verliert Zeit.

Mr Freek führt Kira zu ihrem Stuhl zurück. Sie setzt sich behutsam hin, nimmt den Schwebefüller in die Hand, atmet tief ein und aus.

Dann sieht sie auf die Uhr. Sie hat noch zwanzig Minuten. Es ist noch Zeit. Sie kann die Prüfung noch retten.

Unruhe im Saal. Ein paar Reihen weiter leuchtet einer der Milchglaswürfel rot – fällt jetzt etwa schon jemand durch? Kira hat eigentlich keine Zeit, blickt aber doch kurz auf.

Es ist Jojo.

Er hat den dunklen Kopf auf den Tisch gelegt, der ebenfalls dunkelrot blinkt. Von Kiras Platz aus könnte man meinen, er sei erschossen worden. Jojo sieht sie nicht an. Er sieht überhaupt nichts. Er hat die Augen resigniert geschlossen. Die Schulbeamten gehen zu seinem Tisch, grau in grau.

Als Jojo zur Schleuse gebracht wird, zurückkehrt in die Welt, als er weg ist, fegt ein Windstoß durch die Halle. Er bläst Jojos liegen gebliebene Arbeitsblätter auf den Boden.

Die Seiten sind nicht leer. Sie sind mit Tinte überzogen, tätowiert mit Bildern von Monstern und Einhörnern und halb geöffneten Blüten.

Kira blickt ihr Arbeitsblatt an. Die Quellen hängen schwarz und schrecklich über der weißen Fläche. Die Seite ist leer.

Plötzlich weiß Kira, was an der letzten Aufgabe nicht stimmt. Es ist in Wahrheit eine Auswahlfrage.

Sie beginnt zu schreiben.

»Meine Großmutter kam auf einem Galeerenraumschiff nach Sigma«, schreibt Kira. »Sie verdiente ihr Geld als Putzfrau, das war die einzige Arbeit, die sie finden konnte. Mein Großvater war Koch, paradox, wie alle fanden, außer seiner Familie, die ihn verstieß, als die beiden heirateten.

Sie mussten in das heruntergekommenste Viertel der Stadt ziehen, weil man sie woanders nicht haben wollte. Sie konnten kein Konto eröffnen, und in den ersten zehn Jahren waren sie formal nicht einmal verheiratet, weil die Ehe nicht rechtsgültig war. Im Zusammenhang mit der Akklimatisation der Nornen wird das meist verschwiegen.«

Kira sieht auf die Uhr. Noch zehn Minuten.

»Meine Großeltern heirateten nach Nornentradition. Großmutter biss ein Glied des dritten Fingers seiner linken Hand ab, und er tat bei ihr dasselbe. Macht sie das zu Monstern? Ich trage das Fingerglied meines Großvaters, eingefasst in Silber, bis heute als Anhänger. Oma hätte es an ein Museum verkaufen können, als die Zeiten mal wieder hart waren und es ihr schwerfiel, die Ausbildung meiner Mutter und deren Brüder zu bezahlen, doch sie hat es nie getan.

Wir Nornen nehmen die Geschichte und Sinneserinnerung dessen auf, was wir essen. Der Verzehr von Fleisch ist eine intime überwältigende Erfahrung. Deshalb essen wir kein Fleisch. Ausnahmen sind unsere Hochzeits- und Begräbniszeremonien, die übrigens bis heute verboten sind. Nicht-Nornen werden das nie wirklich begreifen.

Wir haben über diese Dinge nicht zu reden. Ihr hängt euch gern Nornenkunst an die Wände und beruft uns in Ausschüsse für ethnische Vielfalt, aber ihr werdet nie erfahren, was es bedeutet, die Finger der Mutter abzulecken, die Liebe, den Schmerz und die Angst zu schmecken, die Angst davor, dass ihr Kind endet wie sie, oder auf der Straße oder in einer Polymerfabrik, wo wir mit fünfundzwanzig an den Kunststoffpartikeln in der Lunge ersticken, weil unser Lächeln auf Menschen so einschüchternd wirkt und wir es einfach nicht gelernt haben, den Mund geschlossen zu halten, wie ich es jetzt eigentlich auch tun sollte.«

Kira atmet schwer, sehr schwer. Sie fährt sich mit der Zunge über die Spitzen ihrer Fangzähne, schmeckt Blut, Angst, Mut. Sie schreibt:

»Opa Bae starb nach einer Dreifachschicht in der Kombüse einer Galeere. Sein Herz hörte einfach auf zu schlagen. Er war erst vierundfünfzig. Oma durfte sein Herz nicht essen. Er wurde nach Menschenart in schlammiger Erde begraben, wo er verrottete.

Nach dem Begräbnis erzählte mir Oma von einem Traum: Sie habe sich in den Dreck gestürzt, mit den Krallen durch Schlamm, Holz, Fleisch und Knochen gegraben und die Fangzähne in das kalte Herz geschlagen, in dem die Erinnerungen fortleben, Liebe und Trauer und Kraft. Macht das ein Monster aus ihr? Wahrscheinlich.

Oma brachte mir bei, dass man zu seinem eigenen Schutz manchmal lügen muss. Es sind kleine Lügen, Lügen über unsere Geschichte, unsere Herkunft, unsere Sehnsüchte. Die kleinen Lügen machen die großen Lügen leichter.

Die großen Lügen sind das, was Tag für Tag unausgesprochen bleibt. Die Lügen, denen zufolge wir dankbar sind, euch nicht hassen und auch keine Angst haben.

Ich bin es leid zu lügen. Ich lüge dauernd. Wir müssen lügen, um versetzt zu werden, Hauptsache, wir erzählen die richtigen Lügen. Lügen, die uns Preise einbringen. Lügen über Fairness, Leistung, Geschichte. Lügen, die ihr hören wollt.

Ich meine nicht Sie, wer Sie auch sind, die Sie diesen Aufsatz lesen. Wahrscheinlich schlängeln Sie sich wie wir anderen auch durch das System, um Anerkennung zu finden, sofern Sie nicht gerade ein Roboter sind. Ich meine das große Ihr, die ihr uns beurteilt und bewertet, die ihr uns weismacht, dass wir dafür verantwortlich sind, wie weit wir es im Leben bringen. Ihr, die ihr meine Oma glauben macht, sie sei schuld, dass sie nie studiert, nie einen Job gefunden hat, für den sie ihr Gehirn benutzen konnte. Ihr, die ihr meine Mutter glauben macht, sie sei schuld, dass sie nicht genug Geld verdient, um meine Zähne abschleifen zu lassen, damit sie schön gerade und flach sind wie normale Menschenzähne. Ihr, die ihr meinem Freund erzählt, er sei nichts wert, weil er aus der Reihe tanzt und sensibel ist. Ihr verachtet uns und bringt uns dazu, dass wir uns selbst verachten. Ihr tränkt eine Messerspitze mit Versagensangst und ritzt uns eine Rangnummer ins Herz.

Wenn ich ein Stück eures Herzens probierte, würde es nach nichts schmecken.

Man kann so leicht durch diese Prüfung fallen. Ich weiß genau, wie man durchkommt, aber ich kann nicht dauernd bestehen. Ich werde nicht dauernd bestehen, egal, wie schlau ich bin. Ihr wollt ja auch gar nicht, dass ich schlau bin, ihr wollt nur, dass ich durch die Prüfung komme. Aber ich kann nicht dauernd bestehen. Also falle ich lieber durch.

Lieber falle ich durch.

Vorher habe ich noch eine Auswahlfrage für Sie, wer immer Sie sind.

Welche der folgenden Aussagen trifft zu?

a) Ich bin dankbar.

b) Ich hasse euch nicht.

c) Ich habe keine Angst.

Kira legt den Füller hin und atmet einmal tief durch. Die Luft in der Halle schmeckt süßsauer nach Traurigkeit, nach Sabotage. Hinten in Kiras Gaumen pulsiert eine Vene.

Die Zeit ist um. Es ist geschafft.

»Es ist jetzt dreizehn Uhr fünf. Hört auf zu schreiben und dreht die Blätter um.«

Kira legt die gefalteten Hände auf die Arbeitsblätter.

Oma wird sie umbringen und ihr Herz essen.

Das Haus der Unterwerfung

Nicht weit von hier liegt eine Stadt namens Bright Town, in der herrscht allezeit herrlichstes Frühlingswetter. Ihre hunderttausend Einwohner sind immer glücklich und bauen Mandeln und Avocados an. Unweit der Stadt verläuft ein heimtückischer grauer Fluss. In diesem Fluss befindet sich eine Insel, auf der kein Baum wächst, und auf dieser Insel steht ein Haus, das ist wie kein anderes. Es hatte schon viele Namen, doch die Bewohner von Bright Town haben sie alle vergessen. Sie nennen es das Haus der Unterwerfung.

Um zum Haus der Unterwerfung zu gelangen, musst du den grauen Fluss überqueren, doch die meisten Bootsführer sind nicht mutig genug und würden für alles Gold und Silber dieser Welt nicht übersetzen. Der Fluss ist voller unsichtbarer Strömungen und Strudel, die ungeübte Schwimmer und Schiffer hinabziehen in ein eisiges Grab im schmutzigen Wasser. Geld ist in Bright Town übrigens seit mindestens einem Jahrhundert nicht mehr in Gebrauch.

Die Menschen dieser Stadt nehmen sich, was sie brauchen, geben, was sie können, und sind keinem König, sondern nur dem Gemeinwohl verpflichtet. Kein Gesetz kann daher einen Bootsführer zwingen, dich auf die Insel im Fluss zu bringen, auf der kein Baum wächst. Wenn sich doch einer erbarmt, kannst du ihm die Überfahrt mit einem Versprechen bezahlen, einem Geschenk oder einem Geheimnis. Doch wer zum Haus der Unterwerfung fährt, hat schon zu viele Geheimnisse und keins, das zu teilen sich lohnte.

Du legst an der Mole an, erklimmst die Stufen, die in die Klippen gehauen sind, und oben angekommen, stehst du schon vor dem Haus. Die Mauern sind aus dickem Stein. Ob sie dem Schutz der Insassen vor der Außenwelt dienen oder umgekehrt, vermag niemand zu sagen.

Die schweren Türen sind nicht abgeschlossen. Geh durch die Flure. Niemand wird dich aufhalten. Du triffst dort auf die schlimmsten und absonderlichsten Männer und Frauen, gefährdete und gefährliche Kreaturen, die nicht in der Gesellschaft ihrer Mitmenschen leben können, oder auch solche, die bei ihren Mitmenschen unerwünscht sind. Der da ist ein Vergewaltiger. Die Frau dort hat nach der Geburt ihrer Zwillinge im Wahnsinn ihren Mann und die Kinder vergiftet. Der da drüben hat seine Frau geschlagen, bis ihr die Zähne um die Ohren flogen. Der hat seine Nachbarn um die Ernte betrogen. Wären sie in Bright Town geblieben, so wären ihre Nachbarn hart mit ihnen ins Gericht gegangen.

Stattdessen sind sie ins Haus der Unterwerfung gekommen, wo ihnen nichts geschehen wird. Hier können sie über ihre Verfehlungen nachdenken.

In den vierzig Jahren, die ich nun schon hier Wärter bin, habe ich sie alle kennengelernt: die Verruchten und die Verrückten, die Gequälten und die Reumütigen und auch diejenigen, die sich zu weit von der Sphäre der Anständigen entfernt haben, als dass Erlösung für sie noch im Bereich des Möglichen wäre.

Doch keiner war je so sonderbar wie Robert Schmidt.

Er traf an einem kühlen Junimorgen ein, dank einer Bootsfrau, die ihm, entsetzt ob seiner äußeren Erscheinung und seiner offensichtlichen Not, die Bitte um Überfahrt nicht abschlagen mochte. Die Münzen, die er ihr anbot und die er auch mir aufzudrängen versuchte, waren so sonderbar wie er selbst: Geldstücke in unterschiedlichen Formen und Legierungen, korrodierendes Metall, geprägt mit Konterfeis ernster Männer, Bildern monumentaler Bauten oder Motiven aus Krieg und Eroberung, bei deren Anblick es mir kalt über den Rücken lief. Ich nahm eine Münze als Geschenk an, eine silberne, die er als »Quarter«, also Viertel, bezeichnete, obwohl sie von der Form her völlig rund war.

Er war ein dünner Mann, dieser Schmidt, ausgefranst wie ein alter Bindfaden, die Haut blass wie gedünsteter Fisch, und wer ihn sah, wusste, dass er von weit her gekommen war. Zunächst war uns nichts über ihn bekannt, da er abgesehen von seinen Forderungen nach Freilassung nicht mit uns sprach. Über seine Geburt oder sein früheres Leben konnten wir keine Unterlagen auftreiben, und so hatten wir nur den Bericht der Ratsversammlung aus dem Dorf, das ihn zu uns geschickt hatte.

Wir brachten ihn in Zimmer vierzehn, wo er drei Stunden lang brüllte. Erst brüllte er, man solle ihn freilassen. Dann brüllte er in seinem sonderbaren fremden Akzent nach seiner Mutter. Dann brüllte er nur noch.

Ich hörte sein Geschrei am anderen Ende des Flurs, wo ich die Morgenmeldungen durchging. Ich ärgerte mich über den animalischen Lärm und beschloss, etwas dagegen zu unternehmen.

Die Gänge des Heims waren hell und luftig, selbst an diesem kühlen Morgen, an dem sich die Sonne am aschgrauen Himmel vergeblich um Durchkommen bemühte. Unter den Aufsichtsgalerien aus Holz deckten Wärter die Frühstückstische mit Schüsseln und Löffeln.

Der Mörder in Zelle dreizehn sah durch die Sprechluke seiner Tür, als ich vorbeikam.

»Können Sie sich darum kümmern, dass er aufhört?«, krächzte er.

»Ich versuche es«, versprach ich. »Hätten Sie gern Musik?«

Der Mörder nickte heftig – ja, bitte.

Ich gab es in mein Tablet ein. Sekunden später drang ein sanftes harmonisches Lied aus dem Lautsprecher in der Ecke seiner Zelle. Er lächelte, schloss die Augen und wiegte sich auf seiner Pritsche vor und zurück.

Vor der Tür zu Zimmer vierzehn atmete ich zunächst tief ein. Dann klopfte ich an. »Es reicht«, rief ich. »Sie belästigen die anderen Insassen. Wenn Sie sich nicht beherrschen können, wird das Folgen für Sie haben.«

Das Geschrei hörte auf. Zwei herrliche Sekunden lang war nur gedämpft schweres Atmen zu hören. Und dann: »Lassen Sie mich, verdammt noch mal, hier raus«, murmelte Schmidt. »Sie haben ja keine Ahnung, was Sie für einen Fehler machen.«

»Ich bin mir sicher, dass kein Fehler vorliegt«, sagte ich. »Aber wenn es ein Problem gibt, warum sprechen Sie dann nicht mit mir oder einem der anderen Wärter, statt so herumzubrüllen?«

Ich hörte ein Schlurfen. Schmidt schleppte sich zur Tür. Sein Gesicht tauchte hinter der Sprechluke auf.

Der Schrecken fuhr mir in die Glieder, und ich trat einen Schritt zurück. Ich hatte vergessen, wie bizarr der neue Insasse aussah, mit seinem wilden Bart und seinen eisblauen Augen.

»Ich weiß nicht, warum man mich hier festhält«, sagte er in seinem matten altmodischen Tonfall. »Aber sobald jemand herausfindet, wer ich bin, werden Sie reichlich Ärger bekommen. Wenn Ihnen Ihr Job etwas wert ist, sollten Sie sofort diese Tür öffnen.«

»Ich kann die Tür nicht öffnen«, sagte ich.

»Auf wessen Befehl werde ich hier festgehalten?«

Ich war völlig ratlos. Wo war der Mann her, dass er das nicht wusste?

»Auf niemandes Befehl«, sagte ich. »Niemand hat die Macht, Sie gegen Ihren Willen hier festzuhalten. Sie sind freiwillig gekommen, zu Ihrer eigenen Sicherheit und der Sicherheit anderer.«

»Warum bin ich dann eingesperrt?«

»Sie sind nicht eingesperrt. Ich kann die Tür nicht öffnen, weil Sie sie von innen verriegelt haben. Wenn Sie hinaus wollen, müssen Sie selber aufschließen.«

»Sie lügen.«

»Es befinden sich zwei Riegel an der Tür, einer unten und ein zweiter oben. Es kann sein, dass sie etwas klemmen, aber ich versichere Ihnen, Sie können jederzeit gehen. Ich muss Sie allerdings warnen«, sagte ich etwas lauter. »Wenn Sie versuchen, mir oder jemand anderem in dem Gebäude Gewalt anzutun, setze ich meinen Schockstock ein. Zwingen Sie mich nicht dazu.«

Schweigen. Dann das langsame dumpfe Geräusch zweier Riegel, die mühsam zurückgeschoben wurden.

»Darf ich eintreten?«, fragte ich.

Schweigen.

»Ich heiße Gorman«, sagte ich. »Ich würde gern hereinkommen und mit Ihnen sprechen. Aber ich muss sicher sein, dass Sie mich nicht angreifen, denn ich will Ihnen nicht wehtun. Es war bisher ein angenehmer Morgen, und er soll nicht damit enden, dass Ihre Körperflüssigkeiten an meinen Schuhen kleben.«

»Kommen Sie herein, wenn Sie wollen.«

Als ich den Raum betrat, pfiff ich vor Bestürzung durch die Zähne.

Der Mann in Zimmer vierzehn hatte sämtliche Möbelstücke umgeworfen und das Tablett mit dem Essen quer durch den Raum geschmettert. Dort, wo er seinen Kopf gegen die Wand geschlagen hatte, prangten Blutflecken. Wie ein Fragezeichen hockte er nun in einer Ecke des Raums.

»Kann ich irgendwie behilflich sein?«, fragte ich.

»Sie müssen denen klarmachen, dass ich nichts verbrochen habe.«

»Wenn es ein Missverständnis gegeben hat, können Sie das bestimmt selber aufklären«, sagte ich. »Aber bei Fällen wie Ihrem liegt meist kein Missverständnis vor.« Warum hätte die junge Frau auch lügen sollen? Mir wurde klar, dass ich nicht so leicht an Schmidt herankommen würde.

»Was wissen Sie denn über mich?«

»Nur das, was Sie den Leuten im Dorf erzählt haben. Sie heißen Robert Schmidt. Sie sagen, Sie seien Wissenschaftler. Aber es gibt keine Unterlagen über Ihre Tätigkeit oder Ihren Geburtsort.«

»Ich bin von hier«, sagte Schmidt. »Ich lebe hier, nur vor dreihundertdreißig Jahren.«

Wieder holte ich tief Luft. »Und wie sind Sie in unsere Zeit gekommen?«, fragte ich.

»Mit einer Zeitmaschine. Ich bin wirklich Wissenschaftler, na ja, eher Forscher. Es ist für mein Labor eine der ersten Reisen, die mehrere Jahrhunderte überbrückt. Sie müssen mich wieder zurückkehren lassen, wo ich hergekommen bin.«

»Warum?«

»Damit ich den anderen sagen kann, dass es geklappt hat.«

Ich bat einen der mir unterstellten Wärter, in den nächsten Tagen unauffällig darauf zu achten, dass Schmidt sich nichts antat. Ich verfluchte meine Dummheit. Mir war bei meiner ersten Diagnose ein Fehler unterlaufen. Ich hatte angenommen, dass es Schmidt lediglich an Bildung und Empathie mangelte.

Dabei war er offenbar verrückt.

Ich wollte ihm gern helfen, diesem jungen Mann. Ich wollte in Erfahrung bringen, welche Geister ihn verfolgten, damit wir sie gemeinsam vertreiben konnten und er wieder Frieden fand. Ich bin alt und kümmere mich seit vierzig Jahren um die verlorenen Seelen auf diesem Felsen der Enthaltsamkeit. Die meisten konnte ich erreichen, wenngleich nicht alle herkommen, um Frieden zu finden.

Es obliegt mir nicht, über sie zu urteilen, sondern ich will ihnen helfen, sie beschützen, egal, was sie sich in dem Leben, das hinter ihnen liegt, haben zuschulden kommen lassen. Das ist meine Arbeit, meine Lebensaufgabe, seit ich vor so langer Zeit mitten in der Nacht mit meinem klapprigen Boot auf der Insel landete: Ich muss mit sanften Worten die Unerreichbaren erreichen und ihnen eine Brücke anbieten, die sie zurückführt in die Welt.

Egal, was sich Schmidt hatte zuschulden kommen lassen, egal, wie sehr verborgenes Leid seinen Geist verwirrt hatte – ich war mir gewiss, dass ich ihm helfen konnte.

Im Rückblick war das überheblich.

Denn was ich mir damals nicht eingestehen konnte, nicht eingestehen wollte, war die ferne Möglichkeit – die ich aber in Betracht ziehen musste, wenn ich in dieses merkwürdig bleiche Gesicht sah, die seltsam hohe Stimme hörte –, dass er womöglich die Wahrheit sagte.

Am nächsten Tag besuchte ich Schmidt wieder. Ich hatte frische Brötchen und Kaffee dabei, und wir frühstückten zusammen. Er hatte über Nacht sein Zimmer wieder in Ordnung gebracht, und vielleicht war es die Reue über sein rüdes Verhalten vom Vortag, die ihn zu einer Antwort veranlasste, als ich mich nach seinem Befinden erkundigte.

»Ich bin nicht verrückt« sagte er. »Das müssen Sie begreifen.«

»Es steht mir nicht zu, über Ihre Weltsicht zu urteilen«, sagte ich, und das stimmte ja auch. »Ich möchte nur, dass Sie weder sich noch anderen Bürgerinnen oder Bürgern weiteren Schaden zufügen.«

»Ich bin nicht wie die anderen Irren hier«, sagte er. »Ich habe dem Mädchen auch gar nichts getan. Es war ein Missverständnis.«

»Es heißt, Sie haben sie in ihrer Selbstbestimmung eingeschränkt«, sagte ich. »Man hat mir einen Bericht geschickt.«

»So war es aber nicht«, sagte er. Er sah in die

andere Richtung und zerbröselte geistesabwesend sein Brötchen. »Außerdem schien hier alles so primitiv zu sein, dass ich annahm – ich weiß nicht, was ich annahm.« Er nahm sich das zweite Brötchen vor. »Wahrscheinlich war es einfach die Aufregung, in einer anderen Zeit gelandet zu sein.«

An jenem Abend las ich auf dem Solar-Tablet, das ich speziell für den offiziellen Schriftverkehr habe, noch einmal den Bericht; er war gleichzeitig mit Schmidt hier eingetroffen. An seiner Länge war abzulesen, dass es der Dorfrat für wichtig erachtet hatte, dem Haus sämtliche Fakten zu übermitteln.

Er sei in der letzten Maiwoche bei ihnen eingetroffen, las ich. Stark blutend und orientierungslos habe er plötzlich vor der Tür eines Bauernhofs gestanden. Die Bewohner brachten ihn, nachdem sie seine Wunden versorgt hatten, zum Dorfplatz. Er erklärte, er sei ein Reisender aus einer anderen Zeit. Man habe im Dorf schon von derlei gehört, hieß es, und ihm geglaubt, weil er sich so überaus sonderbar verhalten habe.

»Schmidt war von Anfang an unhöflich und unsozial, was wir zunächst darauf zurückführten, dass er recht offensichtlich nicht von hier war. Er bestand darauf, zum Vorstand unserer Gemeinde gebracht zu werden, und wir brauchten viel Zeit, ihm begreiflich zu machen, dass es bei uns eine solche Position nicht gibt. Er denkt extrem hierarchisch, und obwohl er Wissenschaftler zu sein behauptet, scheint er seinen eigenen Sinnen nicht recht zu trauen. Viele der Jüngeren sind deshalb bis heute überzeugt, dass er sich nur einen Scherz mit uns erlaubt hat.

Schmidt hielt sich, als er wieder zu Kräften kam, ausgiebig in der Bar und in der Bücherei auf, in der er sich

Notizen auf Pergament machte; er entnahm es großzügig den Gemeinschaftsbeständen, ohne sich offenbar der Kosten bewusst zu sein. Von Anbeginn war er herablassend und unsozial gegenüber den Frauen und Nicht-Binären unter uns, mit denen er keine echte Unterhaltung zustande brachte. Als ihm einer der jungen Männer Geschlechtsverkehr anbot, reagierte er mit Wut und Gewalt. Der junge Mann trug Verletzungen davon, und Schmidt musste festgehalten werden.

Eine der jungen Frauen unseres Forschungsteams interessierte sich für Schmidts Arbeit und schenkte ihm großzügig ihre Zeit und Aufmerksamkeit, um ihn bei seinen Studien zu unterstützen. Sie berichtete, eines Morgens sei sie davon aufgewacht, dass Schmidt im betrunkenen Zustand Geschlechtsverkehr mit ihr haben wollte. Sie habe ihm deutlich gesagt, dass sie keinen Verkehr wünsche, doch er schien sie nicht zu verstehen. In seiner Kultur darf ein Mann, wenn eine Frau einmal Interesse an ihm bekundet hat, ihren Körper angeblich jederzeit für die Befriedigung seiner Bedürfnisse benutzen. Genau das hatte Schmidt vor, als er sie mit dem Gewicht seines Körpers dazu zwingen wollte, sich ihm hinzugeben. Danach …«

Ich schaltete das Tablet aus. Ich hatte genug gelesen. Schmidt hatte mit seiner wilden Geschichte von der Zeitreise die ländliche Gemeinde offenbar an der Nase herumgeführt, damit er nicht für seine Empathiestörung geradestehen musste. Mich würde er nicht an der Nase herumführen. Ich würde zu ihm vordringen, ob er es wollte oder nicht.

Es war Herbst und damit Erntezeit; in diesen Wochen helfen alle, die über Kraft und landwirtschaftliche Kenntnisse verfügen, in den Mandelgärten.

Eine frische Brise strich über die Bäume, und ich sehnte mich danach, dort zu sein und abends nach getaner Arbeit mit den anderen zu feiern. Doch ich habe nicht bei der Ernte mitgemacht, seit ich hier im Haus der Unterwerfung meine Arbeit aufnahm, obwohl mich niemand dazu zwingen könnte fernzubleiben, so wie niemand die Menschen zwingen kann, die Ernte einzubringen, ehe die Mandeln an den Bäumen verrotten.

Wer meine Pflichten kennt, begegnet mir mit einem gewissen Unbehagen. Bright Town ist keine große Stadt, und jeder wird irgendwann zum Thema des allgemeinen Geschwätzes. So ging ich lieber mit Schmidt in den Gärten spazieren. Manchmal redeten wir, häufiger schwiegen wir.

Wir hatten uns arrangiert: Schmidt hatte aufgehört, seine Freilassung zu fordern und zu beklagen, dass er nicht hierhergehörte. Ich tat im Gegenzug, als glaubte ich ihm seine Zeitreisegeschichte, obwohl ich in Wahrheit nicht sicher war, ob er selbst daran glaubte. Dennoch ließ ich mich von ihm befragen, als stammte er tatsächlich aus einer Welt, die weit in der Vergangenheit lag und deren Gesetze und Gewohnheiten den unseren fremd waren.

»Warum tun Sie das?«, fragte er mich einmal. »Warum arbeiten Sie hier, obwohl Sie doch überhaupt nicht arbeiten müssten?«

»Die meisten Menschen arbeiten, wenn sie können«, sagte ich. »Wir tun die Arbeit, für die wir unserer Meinung nach am besten geeignet sind.«

»Es bewerben sich bestimmt nicht viele hier«, sagte Schmidt.

»Nicht allzu viele«, räumte ich ein. »Man braucht eine besondere Geisteshaltung. Die meisten Menschen belastet es, den ganzen Tag mit antisozialen gewalttätigen Individuen zu verbringen.«

»Sie nicht?«

Ich schloss die Augen. Betrachtete meine breiten ungeschickten Hände, denen meines Vaters so ähnlich. Doch ich hatte mich zurückgehalten, hatte keinem anderen Menschen damit wehgetan.

»Doch, natürlich«, sagte ich. »Aber ich glaube fest daran, dass Menschen, die nicht mit anderen zusammenleben können, Hilfe brauchen. Wenn möglich, eine Resozialisierung. Wenn nicht, einen Rückzugsort.«

»Was ist mit Gerechtigkeit?«

»Was soll damit sein?«

»Ich meine nicht für meinesgleichen, sondern für die wahren Monster hier. Die Mörder. Ihre Opfer und deren Familien, wollen die denn nicht, dass sie bestraft werden?«

»Vielleicht. Aber würde ihnen das den geliebten Menschen zurückbringen?«

»Darum geht es doch nicht.«

»Worum geht es dann? Manchmal fordern die Familien Wiedergutmachung. Manchmal kehren die Insassen in ihre Gemeinde zurück und arbeiten auf dem Land derer, denen sie Unrecht getan haben. Oder sie beweisen auf andere Art, dass sie geläutert sind.«

»Und wenn nicht?«

»Dann führen sie ein sehr einsames Leben. Oder sie kommen hierher zurück.«

»Und Sie finden das vertretbar.«

»Für die meisten Menschen ist der Ausschluss aus der Gruppe Strafe genug. Andernfalls sind wir ja nicht besser als ...«

»Als ich?«

Ich hielt seinem Blick stand. »Als die Welt, aus der Sie kommen, ja.« Schmidt kam, zumindest im Geiste, gewiss aus einer anderen Welt.

»Sie glauben, Sie sind besser als ich.«

»Nein«, sagte ich. »Ich glaube, Sie können besser sein, als Sie es sind.«

»Und wenn ich das gar nicht will?«

Besuch, vor allem offizieller Art, ist auf der Insel eher ungewöhnlich. Als die Wissenschaftsrätin aus Bright Town mit dem Schiff eintraf, im Gefolge nicht eine, sondern gleich zwei Assistentinnen, wusste ich daher, dass es sich um eine überaus wichtige Angelegenheit handelte.

»Ich bin wegen Schmidt hier«, sagte die Rätin, die sich als Sophia vorstellte. Sie trug einen gut sitzenden Overall und konnte nicht älter als fünfunddreißig sein. Dennoch war ihr Haar zur Hälfte kurz geschoren im traditionellen Stil derer, die bereits die höheren Stufen der Wissenschaftsräte durchlaufen haben und über die Macht der Gelehrsamkeit verfügen.

»Haben Sie Dank, dass Sie den weiten Weg zurückgelegt haben«, sagte ich und schenkte uns Kaffee ein.

»Gern geschehen. Der Wissenschaftsrat hat großes Interesse an Robert Schmidt. Ich wollte ihm schon länger einen persönlichen Besuch abstatten. Hat er sich gut eingelebt?«

»Es gab zunächst Probleme«, sagte ich. »Er behauptet, er sei kein Fremder, sondern stamme von hier, allerdings aus einer Zeit, die mehrere Jahrhunderte zurückliegt. Er scheint nicht paranoid zu sein, sondern lediglich verwirrt.«

»Was er sagt, stimmt«, sagte die Rätin. »Es kommt immer häufiger vor, dass Leute aus der ersten Ära der Zeitsprungtechnologie zu uns kommen. Damals gab es noch keine Richtlinien.«

In meinem Brustkorb blähte sich die Erregung auf wie ein Ballon. Ich beugte mich tief über meine Kaffeetasse, um mir nichts anmerken zu lassen.

»Schmidt ist allerdings der Erste, der an der Westküste auftaucht«, sagte Sophia. »Wir waren bestürzt, als wir erfuhren, dass er zur Unterwerfung genötigt werden musste. Bestürzt, aber nicht überrascht. Die Zeit, aus der er kommt – nun ja. Es ging sehr brutal zu damals.«

»Er kommt mir nicht besonders brutal vor«, sagte ich. »Seit er erfuhr, dass er jederzeit gehen darf, ist er höflich, wenngleich ein wenig sonderbar.«

»Haben Sie mit der Therapie begonnen?«

»Ja, er war sehr offen, obwohl er den Anlass dafür, dass er herkommen musste, noch beharrlich abstreitet.«

»Das war nicht anders zu erwarten«, sagte Sophia. »Seine Kultur hatte völlig andere moralische Grundsätze als unsere.« Sie verzog die Lippen. Als junger Mann hätte ich sie vielleicht begehrt, eine so intelligente und elegante Frau. Ich tadelte mich innerlich für meine anstößigen Gedanken über eine Person, die, zumindest für den Moment, meine Vorgesetzte war.

»Eine sehr dekadente Gesellschaft«, fuhr sie fort. »Eine brutale, autoritäre Welt mit starken ethnischen und geschlechtsspezifischen Hierarchien. Eine Kultur, die sich selbst zerstörte, weil sie auf den Profit weniger Menschen aus war. Aus der Perspektive unserer eigenen Gesellschaft können wir das nur schwer nachvollziehen.«

Ich nickte. Nun, da ich Schmidt glauben durfte, passte plötzlich alles zusammen.

»Und das ist auch der Anlass unseres Besuchs«, sagte Sophia. »Schmidt könnte uns helfen, die Kultur und Technologie seiner Zeit zu verstehen. Aber zu seiner eigenen Sicherheit halten wir – der Wissenschaftsrat – es im Sinne aller Beteiligten für das Beste, wenn Schmidt dauerhaft hierbliebe, im Haus der Unterwerfung.«

»Wollen Sie damit sagen, dass Schmidt in Gefahr schwebt?«

»Ich will damit sagen, dass Schmidt gefährlich ist. Und dass es Menschen gibt, die ihn im Zweifelsfall als zu gefährlich einstufen, als dass er in unserer Gesellschaft leben könnte.«

»Aufgrund dessen, was er getan hat?«

»Aufgrund dessen, was er ist«, sagte Sophia. »Es ist zwar nicht seine Schuld, aber er kommt eben vom schrecklichsten Ort, den man sich denken kann.«

»Welcher Ort ist das?«

»Die Vergangenheit.«

Ich schwieg.

»Sie müssen Vorsorge treffen«, sagte sie, »dass Schmidt nichts zustößt. Und bringen Sie es ihm schonend bei.«

»Kann man ihn denn nicht in seine Zeit zurückschicken?«, fragte ich.

»Auf keinen Fall«, sagte Sophia. »Wir dürfen Zeitreisende nicht in eine Kultur zurückkehren lassen, der jedes Gespür für das Gemeinwohl abgeht. Die Verantwortlichen seiner Zeit setzten ihre Zukunft in Brand, ehe die erste Zeitmaschine überhaupt im Einsatz war. Wir können ja nicht wissen, ob er das womöglich wiederholt. Wir müssen ihn isolieren –

wer weiß, was er sonst tut. Oder was ihm angetan wird.«

Oder, dachte ich, was er sich selbst antut.

Als ich Schmidt mitteilte, dass er nicht in seine eigene Zeit werde zurückkehren dürfen, sagte er nichts. Weder tobte er, noch widersprach er, wie ich es erwartet hatte. Stattdessen schloss er seine Tür ab und ließ sich drei Tage lang nicht blicken.

Schließlich befahl ich den Wachleuten, die Tür aufzubrechen. Alles war voller Blut. Er hatte vergeblich versucht, sich mit einem abgebrochenen Löffel die Pulsadern zu öffnen.

Er hatte es nicht über sich gebracht, seinem Leben ein Ende zu setzen, nicht so völlig allein.

»Jetzt verstehe ich«, sagte er immer wieder. Das war alles, was er sagte. Arme Seele. Für ihn konnte es hier niemals Frieden geben.

Ich schrieb an den Rat für Wissenschaftsgeschichte, erhielt aber keine Antwort – bis heute.

Deshalb habe ich eine Entscheidung getroffen.

Ich werde in Raum 14 gehen und Schmidt sein Abendbrot persönlich bringen. Wir werden zusammen essen und uns unterhalten, und ich werde die kleine Bucht zwischen den Felsen im Norden der kahlen Insel erwähnen, wo mein Boot liegt, das mich vor vierzig Jahren herbrachte. Ich kam damals, mich zu unterwerfen, nachdem ich eines Nachts zu meinem Entsetzen davon erwacht war, dass ich meine groben ungeschickten Hände, die ich von meinem Vater geerbt hatte, um den Hals meiner Liebsten geschlossen hatte.

Ich hatte vorgehabt, zurückzukehren, sobald ich alt und schwach genug war, um keinen geliebten Menschen mehr in Gefahr zu bringen. Heute weiß ich, dass ich diesen Ort hier nie verlassen werde.

Schmidt allerdings hat die Wahl.

Vielleicht wird er zur Bucht gehen und das Boot auf den grauen Fluss lenken und hinausfahren auf das heimtückische Gewässer, völlig allein, immer auf das Land zu.

Vielleicht werden ihn die Strömungen in die Tiefe ziehen. Vielleicht werden ihn die Menschen von Bright Town verschonen. Oder sie geben ihm, was er sich selbst nicht geben konnte.

Nicht Vergebung. Erlösung.

Man wird es natürlich erfahren, und man wird mich holen wollen. Aber was können sie schon ausrichten? Ich werde den Schlüsselbund nehmen und eine Tür hinter mir abschließen.

Es gibt immer noch mehr Zimmer im Haus der Unterwerfung.

Pretty Whispers

Hannah hatte sich immer rote Haare gewünscht. Nicht herbstrot. Nicht erdbeerblond. Nein, sie wollte echtes Rot, Feuerwehrautorot, Blutrot, kräftiges, wildes, gefährliches Rot. Die Farbe der fünf Haare, die Hannah an diesem Morgen in der Dusche fand.

Hannah stieg aus der Duschkabine, die Haare mit der Faust umschlossen, und starrte in den Spiegel, in das unscheinbare Gesicht, dünnes braunes Haar, das strähnig am Schädel klebte. Sie hatte alles probiert, dass es dick, voll und kräftig wurde. Sie hatte wohl Tausende von Pfund in Schönheits- und Friseursalons gelassen, hatte Friseurinnen dafür bezahlt, dass sie ihre dünnen Strähnen mit der Brennschere zur Unterwerfung zwangen, hatte sich zu Hause mit Haarfarben aus dem Supermarkt die Kopfhaut verätzt – aber nichts hatte geholfen. Sie war immer dieselbe langweilige Hannah geblieben, immer dasselbe matte strähnige Haar, immer dieselbe Feigheit.

Hannah starrte sich lange im Spiegel an.

Dann ging sie aus der Wohnung.

Der Friseursalon am Ende der Straße hieß »Pretty Whispers«. Es hatte ihn bestimmt schon lange gegeben, ehe Hannah und George in die Gegend zogen, ehe die Imbissstuben, die Ein-Pfund-Shops und der türkische Lebensmittelladen, dessen Granatäpfel im Sommer immer schon matschig gewesen waren, im Zuge der Gentrifizierung nach und nach eingegangen und durch Boutiquen und Cafés ersetzt worden waren, mit schicken jungen weißen Angestellten aus allen Gegenden der Welt, in denen Englisch gesprochen wurde.

Während die übrigen billigen Ladenfronten verschwanden, hielt sich »Pretty Whispers« hartnäckig wie das Laub eines immergrünen Strauchs, vielleicht, weil der Salon an Werktagen eine vergünstigte Maniküre anbot, vielleicht auch, weil er seit einer Erwähnung in *Time Out London* so etwas wie eine Touristenattraktion war. Die Kundin konnte Lokalkolorit erwarten oder doch zumindest eine Koloration zum Bruchteil des Preises, den ein Edelsalon verlangte. Die Inhaberin war in der Gegend für ihre Exzentrik bekannt und wurde nie außerhalb ihres Ladens gesehen.

Es roch nach Autoabgasen und überreifem Obst; der Wochenmarkt schmorte in der Morgensonne. Manchmal, wenn Hannah traurig war, ging sie auf den Markt und sah zu, wie die Marktbeschicker das Obst und das Fleisch auslegten. An diesem Morgen, dem Morgen mit den fünf roten Haaren, sah sie, den Nacken vom Duschen noch feucht, den Metzger seine Ware auspacken. Rote Fleischbrocken und große graue Ochsenzungen hingen schlaff an Haken, tote Hähnchen waren kopfunter an den Beinen aufgeknüpft, die Haut picklig und gelb wie die an Hannahs Ellbogen. Sie stellte sich vor, selbst mit zusammengebundenen Füßen an dem Metallstab zu hängen. Die strähnigen Haare würden fast bis zum Asphalt hinunterhängen.

Hannah hob am Geldautomaten zweihundert Pfund ab, stopfte sich die Scheine in die Hosentasche und ging auf direktem Weg zum »Pretty Whispers«. Sie hoffte, zweihundert Pfund würden ausreichen, sich eine neue Hannah zu kaufen, eine gefährliche sexy Hannah mit rotem rotem Haar.

Ein Glöckchen bimmelte leise, als Hannah mit eingezogenem Kopf den Salon betrat. Zuerst wusste sie nicht, ob überhaupt geöffnet war. Alles war dunkel, vor den Spiegeln leere Stühle, in graue Umhänge gewandet.

Die Augen waren schwarz, das Gesicht wirkte seltsam alterslos. Sie hatte markante Wangenknochen und Lachfältchen um die vollen roten Lippen. Auch die Nägel waren rot lackiert, lange Krallen, die aussahen, als hätte ihre Besitzerin sie in das Blut eines kleinen Tiers getunkt und sein Herz gegessen. Aber das Beste an ihr war ihr Haar, das perfekt in festen glänzenden Locken herabfiel. Es war rot. Nicht herbstrot. Nicht erdbeerblond. Nein, echtes Rot, das Rot glühender Kohlen und unsterblicher Liebe, einer Liebe, die nie verblasst, nie enttäuscht. Hannah fand, von Nahem betrachtet war sie die schönste Frau, die sie je gesehen hatte.

»Kann ich Ihnen helfen?«, fragte die Saloninhaberin.

Hannah stand wie angewurzelt mit offenem Mund vor der Kasse und wusste nicht, was sie sagen sollte.

»Ich möchte rote Haare haben«, flüsterte sie schließlich. »Rote Haare wie Ihre.«

Die Saloninhaberin betrachtete Hannah. »Kommen Sie mal näher«, sagte sie.

Hannah beugte sich zu ihr vor. Die Salonbesitzerin nahm eine Haarsträhne zwischen die Finger und hob sie ans Licht.

»Was machen wir damit?«, fragte sie. »Was wünschen Sie sich wirklich?«

Hannah dachte nach. »Ich möchte ein anderer Mensch sein«, sagte sie. »Aufregend. Hübsch.«

Die Saloninhaberin lächelte, als kenne sie alle ihre Geheimnisse, würde sie aber niemals verraten.

»Ich glaube, das bekomme ich hin«, sagte sie. »Rot, ja?«

»Rot«, sagte Hannah.

»Das wird aufwändig«, sagte die Frau. »Es wird ein bisschen dauern. Haben Sie Zeit?«

Wenn Hannah etwas hatte, dann Zeit.

»Großartig«, sagte die Frau. »Dann holen wir mal den Umhang und waschen Ihnen die Haare. Nennen Sie mich Ruby.«

Ruby nahm Hannah bei der Hand, führte sie zu einem niedrigen Stuhl, legte ihr den elektrisch knisternden dunklen Frisierumhang um und verschloss ihn am Hals.

Sie schob ein fahrbares Waschbecken heran und ließ Wasser über Hannahs Haare laufen. »Ist es gut so?«, fragte Ruby.

Es war gut so.

Ein süßer chemischer Geruch stieg Hannah in die Nase, als Ruby in einem Plastikschälchen das Bleichmittel anrührte. Mit einem feinen Kamm teilte sie das Haar Strähne für Strähne ab, trug mit dem Pinsel das Bleichmittel auf und wickelte die Strähne vorsichtig in Folie ein.

Es begann zu beißen. Dann brannte es. Es fühlte sich an, als stoße ihr jemand glühende Nadeln in die Kopfhaut. Hannah biss sich auf die Lippen.

»Ich weiß, es tut weh«, sagte Ruby. »Veränderungen

tun immer weh. Halten Sie noch ein paar Minuten durch, dann ist es auch schon vorbei.«

Hannah nickte, biss sich noch stärker auf die Lippen und umklammerte die Kunststoffarmlehnen des Frisierstuhls. Dann war es vorüber, Ruby spülte die Haare aus, und das süße kühle Wasser wusch das Brennen weg.

»Soll ich während der Maniküre eine Maske auflegen?«, fragte Ruby. Hannah sagte ja, gern. Sie wollte alles. Sie schloss die Augen und ließ sich von Ruby eine fruchtig duftende Pampe aufs Gesicht schmieren, unter der sich die Haut kühl und straff anfühlte. Ruby hob einen Finger nach dem anderen an und lackierte den Nagel rot.

»Sind Sie sicher, dass Sie es so wollen?«, fragte Ruby.

»Ich bin mir sicher«, sagte Hannah.

»Dann drehe ich jetzt den Stuhl vom Spiegel weg«, sagte Ruby. »Ich zeige es Ihnen, wenn es fertig ist.«

Der zweite Teil der Prozedur war die Farbe. Ruby trug sie auf dem gesamten Kopf auf, eine dicke dunkle Paste, die kühl und frisch auf die Kopfhaut durchsickerte.

»Angenehm?«, fragte Ruby.

»Angenehm«, sagte Hannah.

Nach einer halben Stunde wurde die Farbe ausgespült, das Wasser lief warm und rot um Hannahs Hals und rann ihr über die Stirn, als hätte sie eine schreckliche Kopfverletzung und würde nun notdürftig geflickt.

»Und jetzt der letzte Schritt«, sagte Ruby.

Der Fön blies brüllend um Hannahs Kopf wie ein tropischer Sturm. Ruby zog, ziepte und zupfte an Hannahs Haaren, machte sich dann an ihrem Gesicht zu schaffen und legte zum Schluss Puder auf. »Ich glaube, das wird Ihnen gefallen«, sagte Ruby.

Hannah hielt unwillkürlich den Atem an.

Ruby drehte den Frisierstuhl um.

Hannah starrte in den Spiegel.

Einen Augenblick lang erkannte sie sich nicht. Sie hatte eine Fremde vor sich, eine Fremde, deren Haar die Farbe glühender Kohlen hatte. Das Gesicht der Fremden war alterslos, und Hannah überraschte es nicht, dass sie auch eine andere Augenfarbe hatte, Schwarz statt Grau. Die Fremde hatte markante Wangenknochen und Lachfalten um die vollen roten Lippen, und sie sah aus, als kenne sie alle Geheimnisse ihres Gegenübers, würde sie aber nie verraten.

Feuriges Haar umrahmte ihren Kopf wie ein Glorienschein. Hannah hob die Hand, um die neuen Locken zu berühren. Die furchteinflößende Fremde im Spiegel tat dasselbe. Und sie lächelte.

Die Erleichterung kam plötzlich, spülte wie ein kühler Schluck klaren Wassers ihre Angst hinweg. Damit konnte Hannah leben.

Die Fremde im Spiegel lächelte Hannah an, und Hannah spürte, wie ihre Mundwinkel nach oben zuckten. Alles würde gut sein. Das war es, was sie gewollt hatte.

Alles würde gut sein.

»Gefällt es Ihnen?«, fragte Ruby.

»Ich finde es wunderbar.«

»Da bin ich aber froh.« Ruby nahm Hannah den Umhang von den Schultern.

Hannah griff nach ihrem Geld, doch Ruby legte ihr die Hand auf den Unterarm, eine kleine blasse Hand mit bis auf die Haut abgeknabberten Nägeln.

»Nein, nein, das ist alles kostenfrei«, sagte Ruby.

Ein stauberfüllter Sonnenstrahl fiel auf ihr Gesicht, und sie sah sich zum Fenster, zur Straße um. »Und ich bin auch frei.«

Sie holte hinter der Ladentheke eine kleine Handtasche hervor, ein Modell, das Hannah schon seit Jahren nicht mehr gesehen hatte, das ihrer Großmutter hätte gehören können. Oder ihrer Urgroßmutter.

Dann nahm sie Hannahs Gesicht in die Hände und küsste sie auf den Mund. Ihre Lippen waren nicht mehr voll und dunkel, sondern dünn und blass.

»Danke«, sagte Ruby.

Ruby verließ eilig den Laden, schlug die Glastür hinter sich zu und lief hinaus in die Nachmittagssonne. Ihr Haar wehte hinter ihr her und verfärbte sich von Rot zu einem schmutzigen Blond. Hannah sah ihr nach, eine unscheinbare junge Frau, die in das Gedränge des Marktes eintauchte.

Und schon war sie weg.

Hannah klemmte sich eine blutrote Locke hinter das Ohr und lächelte.

Dann ging sie hinter die Kasse und begann mit der Abrechnung.

Inhalt

Babys machen	5
Wikinger-Nacht	15
Blue Monday	26
Das Tötungsglas	48
Kleine Gnaden	69
Praktische Magie	93
Hush	104
Wie man seine Gefühle isst	127
Das Haus der Unterwerfung	150
Pretty Whispers	167